COLLECTION
Cascade

SANDRINE PERNUSCH

LE JOURNAL SECRET DE MARINE

ILLUSTRATIONS DE FRANÇOISE DEAU

RAGEOT - ÉDITEUR

POUR PIERRE-OLIVIER SICAMOIS

Couverture : Anne BOZELLEC
ISBN 2-7002-1115-4
ISSN 1142-8252

Loi n° 49 956 du 16-7-1949 sur les publications destinées à la jeunesse.

1

– Donc nous te confions les petits pendant ces quelques jours. Nous n'allons pas déranger Bon-Papa et Bonne-Maman pour venir vous garder. À quinze ans, tu peux certainement nous rendre ce service.

C'est ma sœur, Marine, qui a quinze ans. Elle ne se croit pas qu'un peu. Les « petits », c'est moi et mon frère, Thomas. Moi, j'ai dix ans. Mon frère, huit.

Maman a oublié de dire à Marine qu'elle gardera aussi mon cochon d'Inde et le lapin de Thomas. Les animaux comptent pour du beurre sur cette planète. Moi, j'aime bien mieux mon cochon d'Inde que Marine qui dit qu'il pue. Elle ne se sent pas, elle, avec son savon à tuer de dégoût un hippopotame. Un jour, Papa lui a dit : « Marine, ton savon sent le chou. » « Oh ! si c'était Olga, a riposté Marine, alors tu reniflerais la violette. Mais du moment que c'est moi, ça sent le chou ! »

C'est une jalouse, ma sœur.

On ne s'aime pas du tout.

Il y en a qui ont des grandes sœurs ou des

grands frères qui les cajolent, qui les emmènent au manège, aux marionnettes. Un petit caramel par-ci, un petit jouet par-là... Ma copine Julie, par exemple, elle a un grand frère de dix-huit ans... le rêve... le père Noël chaque jour. Moi, avec Marine, c'est le contraire. Elle me flanque des claques, cette lâche, avec son mètre soixante-dix. À son âge ! Mon frère Thomas lui balance des coups de pied et surtout il la pince. Mais elle a de la force, ma sœur. Supermusclée, avec des cheveux coupés court comme un garçon, des blousons, des polos, des chaussures d'homme. En plus, elle traîne les pieds, cette lourdaude, on l'entend venir à dix kilomètres.

Thomas, elle le supporte mieux que moi. Je ne sais pas pourquoi, parce que mon frère est de mon avis : Marine est la plus grande peste de tous les siècles.

C'est la raison pour laquelle nous ne resterons sûrement pas trois jours sous sa garde. Sous son joug. Sous ses claques. Ah çà ! non.

Je le dis.

Papa tortille sa moustache.

Maman se fâche :

– Olga, ne commence pas. Tu oublies un peu trop que ta sœur n'a pas ton âge. Elle peut très bien s'occuper de toi pendant trois jours. D'autant plus que tu n'es pas là de la journée puisque tu vas à l'école.

– Marine me bat !

– Oh ! Olga, de grâce !

Ça, c'est la grande phrase de Maman : « Oh-Olga-de-grâce ». Eh bien, « Oh-Olga-de-grâce » ne restera pas avec Marine.

– C'est vrai, elle nous bat ! renchérit Thomas, un frangin tout ce qu'il y a de bien.

On marche « main dans la main » comme on dit, moi et lui. C'est la grande qui met le bazar. Marine, c'est de la graine de zizanie, comme je l'appelle. J'adore ce mot, zizanie, parce qu'il est ridicule.

J'aime beaucoup le ridicule.

Porter des poireaux sur la tête en guise de couronne ; faire flotter des nouilles dans le caniveau en hurlant : « Mes diamants, mes diamants » ; répéter comme un perroquet : « Bonjour-madame-oui-madame-merci-madame », toutes les trois secondes et voir la tête de la dame qui s'arrondit de plaisir, avec un sourire idiot de pleine lune.

Il n'empêche que nous confier, moi et Thomas, à Graine de Zizanie, c'est de la barbarie. De la barbarie préméditée.

Je le dis. Thomas aussi.

Papa s'énerve :

– Maman a obtenu que son chef de bureau lui accorde ces quelques jours. Elle ne va pas les gâcher, maintenant, à cause de ton caprice !

« Mon caprice » ! Les grandes personnes ont l'art d'appeler caprice tout ce que font les enfants quand ça les dérange ! Mais moi aussi, hein, je pourrais traiter ce voyage de caprice ! Il me dérange, ce voyage !

– Pour une fois, je vais me faire plaisir, Olga et Thomas. Que cela vous plaise ou non !

Alors là, « les bras m'en tombent » comme dit mon tonton Gaston. Maman ne nous parle jamais ainsi. J'ai l'impression qu'on m'a vidé le bac à glace dans l'estomac.

Papa a dû le voir, parce que maintenant il prend une voix douce. Il dit que Maman est fatiguée. Qu'un petit changement d'air, ne serait-ce que trois jours, lui ferait le plus grand bien. Et patati et patata.

C'est possible. Mais ce n'est pas une raison pour nous abandonner à une barbare.

– Sois gentille, Olga ! Pour une fois que Papa et Maman peuvent voyager en amoureux, rien que tous les deux, ne les prive pas de cette joie.

Non mais entendez-moi ce ton sucré qu'elle prend pour me parler, cette Graine de Zizanie ! D'abord les parents ne sont plus des amoureux, ce sont des parents. Et d'un. Et de deux, elle s'en moque pas mal, Graine de

Zizanie, de la joie des parents. Ce qu'elle veut, c'est nous torturer à sa guise, oui !

– Il n'y a qu'à faire venir Bon-Papa et Bonne-Maman ! crie Thomas.

Il commence à s'impatienter, mon frère.

– Ils habitent à huit cents kilomètres d'ici, Thomas, susurre ma sœur du bout des lèvres, avec un air de bonbonnière enrubannée qui me tape sur les nerfs. Bon-Papa a mal aux genoux en ce moment, et Bonne-Maman travaille dans sa librairie qu'elle ne va pas fermer pour une lubie de petit garçon de huit ans.

Explications de Graine de Zizanie avec sourire de sainte en prime. C'est tout Marine. Elle fait la gentille grande sœur devant les parents et par-derrière elle nous gifle ! Cette hypocrite ! Moi surtout, depuis le jour où je lui ai dit que tout le monde lui trouvait « le visage ingrat », même Papa. C'est vrai, j'ai entendu qu'il disait à Maman : « Notre Marine a le visage un peu ingrat en ce moment, avec ces boutons et ces plaques rouges sur les joues. As-tu pris rendez-vous avec le ... » Là, je n'ai pas compris, je crois que c'est le nom d'un médecin qui se termine par « matologue ». Et Papa a ajouté : « C'est dommage, elle a tellement de charme. »

Je n'ai pas répété à Marine la phrase sur son charme, juste « le visage ingrat ». Ça lui apprendra. Elle, un jour, elle m'a dit comme ça que Mamie me trouvait bête. Quand Maman est rentrée, le soir, je pleurais tellement qu'elle a téléphoné à Mamie qui m'a bien dit que je ne l'étais pas, bête. « Bébête, des fois... oui ! a ajouté Mamie, quand tu fais la sotte que tu n'es pas. Mais bête ? Sûrement pas ! »

Curieusement, Marine ne m'a pas battue pour mon coup du « visage ingrat ». Même pas une petite tape de rien du tout. Même pas une remarque. Rien. Elle est restée clouée sur place, la Marine. Collée au plancher. Puis elle s'est décollée. Elle a couru dans sa chambre où elle s'est enfermée longtemps.

C'est depuis ce jour, j'ai remarqué, que Graine de Zizanie ne me supporte plus. N'empêche que maintenant, pour lui clouer le bec, je sais ce qu'il faut lui dire !

Moi, je suis belle. Non c'est vrai. On me le répète depuis que je suis petite : « Jolie comme tu es ! »

Je n'en suis pas spécialement fière. Ça m'indiffère. Seulement je n'aimerais pas être moche comme Marine, évidemment. Thomas est comme moi : beau et blond, yeux bleu-de-rêve.

Bref, je ne veux pas qu'on me laisse à une

barbare. Et à une barbare moche, encore moins.

Papa hausse le ton.

Après moi, qui ai toujours cru être sa préférée !

Il ose ! Il dit qu'il fait confiance à Marine !

Les yeux bleu-de-rêve de mon frère ont viré au bleu-de-guerre : Pan ! Son poing s'abat sur la table. Papa n'apprécie pas. Mais alors pas du tout. Maman non plus. Elle dit que les parents ont le droit d'être heureux sans leurs enfants de temps en temps, qu'ils ont le droit de vivre quelques jours par an pour eux-mêmes, sans avoir un bouton à recoudre, une leçon à faire réciter, une tartine à tartiner. Sa voix monte, monte, et alors là, moi et Thomas, on ne dit plus rien parce que Maman écarquille les yeux comme un clown. Mais c'est pour ne pas pleurer.

Thomas fait sa voix de nounours :

– Bon... bon... d'accord... on restera avec Zizanie...

Pftt ! Il a filé dans notre chambre. Je dis « notre » parce qu'on dort dans la même pièce, moi et lui. On ne veut pas se séparer.

Je le rejoins.

Thomas pleure. Mais il pleure comme je ne l'ai jamais vu pleurer ! Et il articule tellement mal entre ses hoquets et son nez qui coule que je ne comprends rien de ce qu'il me dit. Il se mouche fort comme un ogre :

– Olga, t'as pas compris que les parents veulent se débarrasser de nous ? T'as pas compris qu'ils ne vont plus jamais revenir ? Parce qu'ils ne nous aiment plus comme avant.

Thomas s'est remis à pleurer. Il finit par me faire peur, cet idiot. Je commence à nous voir en petits poucets sans toit, sans parents et même sans Graine de Zizanie.

– Que se passe-t-il, ici ? Thomas ?

C'est Maman.

– Ne me touche pas ! s'égosille Thomas. Quand on n'aime pas ses enfants, y a qu'à pas en avoir ! Tu n'aimes que t'amuser avec Papa !

La tête de Maman...

– Tu as vraiment peur de rester seul avec Marine et Olga, Thomas ?

Silence.

– Très bien, dit Maman en soupirant, j'irai à Amsterdam quand tu seras un peu plus grand, sans doute...

Oh ! le regard de Maman. Je n'aime pas ces yeux de bleuet fané.

Papa entre dans notre chambre. Maman explique la peur de Thomas. Elle dit que ce

n'est pas possible de partir en laissant à la maison un enfant dans cet état et que...

– Thomas, arrête cette comédie !

Papa a coupé la parole à Maman. Il rappelle à Thomas qu'il ne sera pas à la maison de toute la journée puisqu'il mange à la cantine.

– Et cessez de vous raconter, toi et Olga, des histoires d'orphelins à dormir debout ! Nous te donnerons notre numéro de téléphone à Amsterdam. Nous t'appellerons mais, toi aussi, tu pourras nous appeler. Et maintenant tu arrêtes cette comédie, s'il te plaît ! Si tu prives Maman de ces trois jours, tu seras privé, toi, de vacances de neige !

Ouh, là. Papa ne rigole pas. Il a même l'air très en colère. Il y tient, à son voyage avec Maman !

– Oh ! si je peux téléphoner à Amsterdam, dit Thomas, alors il n'y a pas de problèmes.

Le ton négligent avec lequel il a dit ça ! À d'autres ! Thomas adore téléphoner. C'est ce qu'il aime le plus au monde. J'ai bien vu, depuis le temps que je le connais, que l'idée d'avoir le droit d'appeler la Hollande l'enthousiasme. Il laisserait filer les parents en Chine pour pouvoir leur téléphoner !

En tout cas, pour moi, rien n'est réglé. À la première claque de Graine de Zizanie, moi et Thomas, on s'enfuit. Affaire conclue.

2

Ils sont partis. À midi. Le réfrigérateur est bourré de plats qu'on aime. Du poulet fumé, une grosse terrine de poisson que Papa et Maman cuisinent eux-mêmes avec des herbes, moi, j'en mangerais des louches, une tarte aux pommes et une aux poires, un flan praliné, un pot de rillettes, une ribambelle d'œufs durs et une corbeille de céleri en branches que ma sœur grignote toute la journée. Ce doit être nerveux. Les parents avaient à peine refermé la porte que Zizanie, crac, crac, elle mâchouillait déjà son céleri. Elle doit avoir du sang de lapine. Quand elle mange sa branche, son nez bouge.

Moi aussi, je mâchouille. Mais je mâchouille normalement. Du chewing-gum. Avec un nez fixe. Thomas, lui, c'est plutôt les capuchons des stylos. Ce qui exaspère Papa. Alors Thomas dit que mieux vaut avoir un capuchon à la bouche qu'une cigarette qui pue et tue. Il dit ça, Thomas, « qui pue et tue ». Scientifiquement, il a raison. Et comme Papa fume...

Et de quatre.

J'ai compté. Elle en est à sa quatrième branche de céleri en dix minutes.

– Arrête, Marine ! T'es agaçante avec ton céleri ! On se croirait dans un clapier !

– Un cla... quoi ?

C'est Thomas qui émerge de la télé.

– Pier. Un cla-pier. Une cabane à lapins, explique Marine à mon frère. Ma chère Olga, je mangerai autant de céleri que j'en aurai envie, que cela te plaise ou non.

Oh ! ce ton... Non mais, écoutez-moi ce ton ! Je ne supporte pas, je ne supporterai jamais qu'on monte sur la tour Eiffel pour me parler.

– Pourquoi prends-tu ce ton supérieur ?

– Ma chère Olga, j'ai quinze ans, je prends le ton qui sied pour m'adresser à une gamine de dix ans qui se trouve être ma sœur et qui se permet de me donner des ordres.

– Ma chère Marine, quand je te dis d'arrêter avec tes céleris, je le dis sur un ton agacé, pas sur un ton de maître à esclave. Et ce n'est pas parce que tu es vieille que tu es supérieure.

– Olga, tu me fatigues !

– Tu vois, tu recommences. Ce n'est pas en mastiquant du céleri du matin au soir que tu deviendras belle !

– Petite garce... Et dire que ce sont les vipères comme toi qui sont les plus aimées...

Moi d'habitude, je ne manque pas de répartie. Mais alors là, ce sifflement haineux... Je n'ai pas eu l'impression qu'elle me giflait, Zizanie, mais qu'elle me crachait dessus son venin. À mort.

Elle a quitté la salle de séjour à toute allure. Une furie. Pile au moment où Thomas disait qu'il n'avait pas envie, justement, de poulet fumé ou de terrine de poisson, mais de nouilles aux abricots.

– Laisse tomber, Olga. Graine de Zizanie a ses nerfs et moi j'ai besoin d'elle pour m'ouvrir ma boîte d'abricots au sirop pour mes nouilles.

– Tes nouilles ! T'as pas entendu ce qu'elle m'a dit ?

Il s'en moque, oui ! Zizanie peut bien m'assassiner, il a la cervelle dans ses nouilles.

– Si Marine ne veut pas m'ouvrir la boîte, ce sera de ta faute !

– Quoi ? Tu prends la défense de Zizanie ?

– Sûrement pas. Mais t'es pas obligée de lui répéter tout le temps qu'elle est moche. On va vivre avec un porc-épic, maintenant ! C'est malin.

– Je ne lui ai pas dit qu'elle était moche...

– Tu parles !

Oh ! qu'il m'agace... Je vais lui ouvrir, moi,

cette boîte ! Il est prêt à tout pour expérimenter ses nouilles aux abricots !

Aïe ! ! Ouiiiille ! Je me suis entaillé le pouce ! L'ouvre-boîtes a dérapé, mon sang coule à flots !

Thomas crie, il appelle Marine qui ne répond même pas.

Et dire que c'est à « ça » qu'on nous a confiés, moi et mon frère. Je préfère mourir plutôt que de la supplier. Si je meurs, elle sera accusée. Non-assistance à petite sœur en danger. Et hop ! En prison tout un dimanche.

Thomas boxe la porte de la chambre de Zizanie.

– Olga perd son sang ! Vite ! Ouvre !

Marine sort. Une tortue. Ne nous pressons pas, surtout, des fois que je survivrais...

Flacons. Pansement. Silence.

– Et cesse de faire l'imbécile, Olga, j'ai autre chose à penser qu'à te soigner.

Un rêve de grande sœur...

– Imbécile toi-même ! Tout le monde peut se couper, dis donc, toi comme les autres !

– Je t'avertis, Olga : j'en ai archi-marre de tes réflexions. Si tu continues, je vais te donner une claque !

– T'as pas intérêt. La brutalité, ça rend encore plus laid.

– Arrête, Olga ! Marine n'est pas laide. Ne cherche pas les histoires !

Thomas ! Oh, j'en pleurerais... J'y vois flou, ma gorge se serre, je ne peux plus bouger. C'est la première fois que mon frère prend le parti de Zizanie contre moi ! Il se damne pour un ouvre-boîtes... C'est effrayant.

Téléphone.

Audrey, la meilleure amie de Graine de Zizanie.

– Allez, Olga ! Ne fais pas la tête, quoi !

– Laisse-moi, Thomas.

J'ai le cœur en bouillie, ma voix grelotte tellement je suis malheureuse.

Thomas hausse les épaules :

– Fais pas l'idiote ! Tu sais bien que t'es la fille que je préfère sur cette planète.

Bien sûr ! Il n'en connaît pas d'autres, de planètes... Et voilà ! Mes joues sont trempées. Un éléphant s'est assis sur mon cœur. J'en pleure de douleur.

– Je mets du sel ou du sucre dans mes nouilles ?

– Je m'en... m'en fiche !

– Olga... si tu n'étais pas ma sœur, je t'épouserais. Ça te va ?

– Oui.

C'est vrai, ça me va. Parce que Thomas me regarde fort. Très fort. Plouf. Ses yeux font dans les miens un plongeon bleu. C'est magique, l'œil. Comme les mots. Il fait et défait, pftt ! D'une seconde à l'autre. Le silence a-t-il autant de pouvoir ? Zizanie se tait souvent mais son silence est vide, inexpressif. Je ne la sens pas du tout, ma sœur. Que fait-elle dans ma maison ? Par quel hasard stupide est-elle la fille de Papa et Maman au même titre que moi ? C'est inouï, quand même ! Ce que je voudrais être fille unique ! Je veux dire la seule fille de mes parents. Quand je vois cette grande lourdaude de Zizanie se balader de pièce en pièce, chez moi, appeler Papa et Maman mes propres parents, me menacer d'une claque le plus naturellement du monde, je trouve que c'est le monde à l'envers. Comment les parents peuvent-ils avoir une autre fille que moi ? Sentimentalement, c'est un scandale. Absolument. Que diraient-ils, oui, eux, les parents, si moi j'avais un autre Papa ? Une autre Maman ? Ils voudraient rester uniques, sûrement. Eh bien moi aussi. Si j'avais une grande sœur idéale, je ne dis pas... et encore... Mais Marine ! Merci bien ! Nous n'avons pas les mêmes amis. Ni les mêmes goûts. Je ne vois pas du tout pourquoi elle me hait. Enfin pas toujours... Mais quand ça la prend, cette haine qu'elle me souffle au nez, moi, j'ai envie de la plier en quatre, Zizanie, et d'en faire des confettis. Et pourtant, à d'autres moments, je ne sais pas pourquoi, mais je crois que je la défendrais si quelqu'un l'enquiquinait trop... Il n'empêche que la Graine, comme je l'ai dit, j'en ferais des confettis et gloup ! dans le tuyau de l'aspirateur.

– Mets du sel dans tes pâtes. Ce sera plus rigolo avec les abricots.

Dans le couloir, Zizanie chuchote. Elle peut parler des heures au téléphone, avec Audrey. Elles se racontent sûrement des histoires de garçons. Ou plutôt les histoires de garçons d'Audrey. Parce que Zizanie avec un amoureux, c'est plus inimaginable qu'un moustique en salopette. Un point commun entre ma sœur et moi, d'ailleurs. Je ne suis pas tellement attirée par les garçons. Moi, j'ai Capucine. Ma meilleure copine. Elle est dans ma classe. Elle a neuf ans et demi. Yeux vert mousse après la pluie. Rire en carillon. Cheveux noirs luisants qui flottent au vent. Évidemment, je suis la préférée de Capucine : nous sommes les deux plus belles de la classe. « Qui se ressemble s'assemble. » Eh oui ! Les autres filles se disputent pour être à côté de nous à la cantine. Elles nous offrent des tas de bonbons. Tellement que c'en est écœurant. Les garçons, eux, nous parlent peu. Ils ne nous donnent rien, pas le moindre petit caramel. Mais nous sommes les deux seules filles de la classe qu'ils n'enquiquinent pas.

La beauté, c'est très pratique pour se faire respecter. C'est vrai. Graine de Zizanie, dans son lycée, elle ne doit pas rire tous les jours avec sa tête de lune soufflée.

Vivement demain lundi que je retrouve ma Capucine. On fait des projets d'avenir en ce moment. Nous avons décidé d'habiter ensemble quand on sera grandes. Pour Capucine, le plus important, c'est de vivre au bord de la mer. Pour moi, c'est la neige. Où trouver ce mélange ? Capucine, qui a la passion de la géographie, cherche. Elle ne décolle plus son nez de la carte du monde, affichée en grand dans sa chambre.

L'architecte de notre maison, c'est moi. Je suis forte en dessin. J'ai déjà réalisé plusieurs plans, mais rien de définitif. Une entreprise aussi importante demande beaucoup de réflexion. J'ai glissé mes brouillons de maisons dans l'armoire, entre mes culottes. Ça ne regarde personne, mon avenir avec Capucine. Si. Thomas peut-être. Mais comme il s'agit d'un secret, je ne lui ai rien révélé. On verra plus tard. De toute façon, quand je partirai définitivement avec Capucine, je laisserai mon adresse à mon frère. Et Capucine, à sa cousine Karine qu'elle aime beaucoup et qui a l'âge de Graine de Zizanie.

À propos de ma sœur, enfin ! elle a raccroché le téléphone. Elle en fait une tête...

– Mes nouilles sont prêtes ! À table !

Efficace, Thomas. Il a mis le couvert. Ses nouilles barbotent dans le sirop des abricots.

Graine de Zizanie contemple la table, Thomas... C'est stupéfiant. La tristesse a rendu flous les traits de ma sœur. On dirait un fantôme. Zizanie parle sans voix. Elle est couleur des nouilles de Thomas.

– Tu es gentil, Thomas, mais je n'ai pas faim.

– C'est à cause de ta ligne ? Tu n'es pas grosse, tu sais. T'as que des muscles !

– Non, Thomas, ce n'est pas à cause de ma ligne. Je n'ai pas faim, c'est tout.

– S'il te plaît, goûte, au moins ! Juste un peu. Dis, Marine !

– Olga va manger ton plat avec toi. Vous vous amuserez mieux sans moi, tous les deux...

D'habitude, si Marine disposait de mon estomac sans me consulter, elle m'entendrait ! Mais là, je ne sais pas pourquoi, quelque chose d'inconnu flotte sur Graine de Zizanie comme une menace et me retire toute envie de riposter.

Diaphane, Graine de Zizanie sourit aux nouilles. J'ai l'impression que si je lui souffle sur un doigt, elle se brisera. C'est la première fois en dix ans que ma sœur m'intimide.

– Olga... tu tiens vraiment, toi aussi, à ce que je mange avec vous ?

Terrible, cette voix fragile de grande malade, ce regard suppliant, ces gestes rouillés, cet accablement sur la nuque. Audrey a dû lui annoncer une catastrophe mondiale au téléphone. Peut-être que son berger allemand qu'elle aime tant (et auquel ma sœur est très attachée, d'ailleurs) est mort ?

– Si tu n'as pas faim, Marine, je mangerai les nouilles avec Thomas...

Mon frère râle dur. Il menace d'enlever tout ce que Maman a laissé dans le réfrigérateur jusqu'à ce qu'on ait mangé ses nouilles aux abricots, qui, soit dit en passant, refroidissent sérieusement.

Graine de Zizanie s'excuse.

Graine de Zizanie bafouille.

Son teint jaunit.

Je ne comprends pas Thomas. Lui qui s'intéresse tant à la cuisine, il ne voit pas que Zizanie vire au bloc de mayonnaise tournée ?

Marine a fermé la porte de sa chambre.

Je n'ose pas le dire à Thomas, mais ses nouilles froides collées au beurre et aux abricots... J'ai l'impression d'avaler des escargots gluants tout crus. Bah...

3

Après avoir mangé, et comme c'était dimanche, avec Thomas on a passé l'après-midi devant la télé. Nous en sommes sortis complètement abrutis. Sans les parents, sans Marine cloîtrée dans sa chambre, l'appartement hibernait. Moi et Thomas, nous étions engourdis dans les coussins du canapé comme deux ours dans leur tanière d'hiver.

Madame Louis, la gardienne de la résidence, nous a réveillés, histoire de voir si tout allait bien. Zizanie est sortie de sa chambre. Ressuscitée. Elle a prié Madame Louis, sur un ton à peine poli, de ne pas se déranger « toutes les cinq minutes », parce que vraiment « ce serait fatigant pour tout le monde ». Madame Louis a gentiment répliqué qu'elle était chargée de veiller sur nous. Ce qu'elle ferait. Zizanie a soupiré d'un soupir discret du Grand Méchant Loup quand il souffle sur la maison des Petits Cochons. Alors mine de rien, Thomas est allé embrasser Madame Louis qu'il aime bien.

Il est bagarreur, Thomas, ça, on ne peut pas

dire, mais il est aussi très affectueux. Pas bisous-bisous-gnangnan-retardé, non ; Thomas, lui, je l'ai souvent remarqué, il a le baiser intelligent.

Madame Louis a sorti d'une de ses poches du chocolat blanc. Et elle a donné à ma sœur une feuille de papier sur laquelle était inscrit, en gros chiffres rouges, son numéro de téléphone.

Zizanie a pris Madame Louis par le bras. Au pas de charge, sans un mot, elle lui a fait faire le tour de l'appartement. Dans chaque pièce, y compris dans les toilettes, qu'est-ce que Papa, avant de partir, avait épinglé, en gros chiffres rouges ? Le numéro de téléphone de Madame Louis.

– Ça ne fait rien, a dit Madame Louis, collez mon numéro sur votre balcon. Il n'y est pas encore.

La couleur de peau de ma sœur varie selon son humeur. Là, elle approchait du rouge explosion. Encore une fois, Thomas a sauvé la situation en demandant d'un petit air tranquille à Madame Louis s'il pouvait descendre chez elle un moment pour voir Nuage, le chat blanc.

Quand mon frère et la gardienne ont été partis, Zizanie a explosé :

– C'est un désastre les gens qui enquiquinent le monde parce qu'ils se croient indispensables !

Moi, j'étais restée neutre pendant la visite de Madame Louis. Le sujet ne m'intéressait pas. Mais là, Graine de Zizanie exagérait. Madame Louis ne se croit pas. Elle est serviable. Et consciencieuse. Ce que j'ai répliqué à Zizanie qui commençait à m'ennuyer.

– La terre est peuplée de gens serviables et consciencieux, qui polluent l'atmosphère, a grogné ma sœur.

Graine de Zizanie nous a bousculés toute la soirée, moi et Thomas.

Et il fallait faire nos cartables pour le lendemain, et « naturellement » on avait égaré nos cagoules, et... Bref, Zizanie qui avait enfin retrouvé sa tête à claques.

Alors ce matin, c'est l'école, que je suis ravie d'avoir retrouvée. Surtout que j'étrenne une robe. En gros velours rouille. Capucine, elle, porte un kilt neuf fabuleux, à faire pâlir d'envie les fantômes écossais.

La maîtresse vient de nous annoncer l'arrivée d'une nouvelle, cet après-midi. Juliette est intriguée, on se demande pourquoi. L'arrivée d'une nouvelle comme un cheveu sur la soupe au beau milieu du trimestre n'a rien de tellement excitant ! Si ?

– Si, dit Juliette, à la cantine, tandis qu'elle coupe sa viande à la droite de Capucine, place d'honneur que Capucine attribue chaque midi à qui bon lui semble (je fais la même chose). Si, c'est excitant. Moi, j'aime rencontrer des gens nouveaux. Pas vous ?

– Il ne suffit pas d'être nouvelle pour être fascinante, rétorque Capucine.

– Bien sûr...

Juliette sourit. Avec ce petit air moqueur qui nous déroute toujours un peu, Capucine et moi. Juliette est une des rares filles de la classe que nous ne dominons pas vraiment. C'est notre préférée. Elle a un an et demi de plus que nous. Elle est en retard parce qu'elle a été malade. Elle joue très bien du violon. D'ailleurs dans notre future maison, j'ai prévu une chambre pour Juliette. Nous l'inviterons de temps en temps, avec son violon, Capucine et moi...

– Qu'est-ce qui rend fascinante ? lance tout à coup Juliette.

– La beauté et l'intelligence, répond Capucine aussi vivement que si on lui avait demandé combien font deux et deux.

Acquiescement de la tablée.

– Il ne suffit pas d'être belle pour fasciner, reprend Juliette de sa voix d'oiseau. Ni d'être intelligente.

– Qu'est-ce qu'il faut, alors ?

– Je ne sais pas... Je crois que c'est surtout une question de rayonnement.

– De rayonnement ! Tu confonds avec les anges ! s'esclaffe Capucine, d'un ton agacé et moqueur qui me surprend. Une fille belle et intelligente, ma pauvre Juliette, a toutes les chances d'être fascinante !

– Oui, elle a de grandes chances, c'est sûr. Plus qu'une fille laide et bête. Mais elle n'a pas toutes les chances. Le rayonnement dont je parle, c'est une affaire de caractère. Je veux dire de personnalité.

– Où as-tu appris ça ? Dans ton violon ?

La voix de Capucine monte. Aiguë. Glaciale. Ouh la la...

– Pourquoi m'agresses-tu, Capucine ? demande Juliette.

– Je ne t'agresse pas ! Mais ce n'est pas parce que tu as presque douze ans et nous seulement dix, que tu nous feras avaler n'importe quoi !

« Coup bas », comme dit Zizanie. Indigne de Capucine qui sait parfaitement que si Juliette se retrouve avec nous c'est à cause de sa maladie, une histoire de sang. Je ne comprends pas. D'habitude, Capucine aime bien Juliette... Je lui donne un coup de pied sous la table.

– T'es folle ou quoi, Olga ? Tu me fais mal, enfin !

Capucine se frotte la cheville. Son regard est terrible. Noir de couleur. Noir de cœur. Jamais elle ne m'a regardée ainsi. Si je ne la connaissais pas, elle me ferait presque peur !

– Dans le fond, tu as peut-être raison, dit Juliette dont la voix s'est mise à trembler, ce n'est pas impossible que le violon m'ait appris la fascination... Mais plus je réfléchis, plus je crois que c'est plutôt au sanatorium... Là-bas, j'ai rencontré des tas de gens. Pourtant, une seule personne m'a fascinée : une infirmière. Elle était... Comment dire ? Lumineuse. Je ne sais pas comment l'expliquer... Quand elle entrait dans votre chambre, je vous jure, c'était la mer en plein soleil, le sable doré... On s'étirait. On ronronnait. On riait. C'étaient les vacances. Elle s'appelait Jeanne. Elle était fascinante. Sa fascination la rendait belle, mais belle...

– C'est toi qui le dis !

Capucine ironise. Juliette s'en moque : Jeanne est entrée dans ses yeux.

Drôle d'ambiance, à table. Un courant violent, indécis, tourbillonne sur place en attendant de savoir dans quel sens s'orienter. Mon Dieu... On m'attend ! On attend mon avis ! Mon avis à moi, une des deux « fascinantes » de la classe !

Impossible de me désolidariser de Capucine. C'est ma meilleure amie. Elle passe et passera toujours avant tout le monde.

– Peut-être que Jeanne, dis-je, n'était fascinante que pour toi, Juliette.

– Oh non, Olga ! Elle fascinait non seulement les malades mais aussi le personnel du sana et...

– De toute façon, coupe Capucine, nous ne la connaissons pas, ta Jeanne. On ne peut pas juger. C'est parler pour ne rien dire.

– Il n'y a pas que toi qui as le droit à la parole, ici !

Juliette se rebiffe. Juliette, si fragile, a l'air plus solide qu'un château fort.

– Qu'en pensez-vous ? demande Capucine aux autres, en secouant sa queue de cheval noire.

Les autres parlent entre elles. Depuis quand ? De quoi ? Pas de ce qui semble passionner Juliette et Capucine, en tout cas. Pourtant elles s'interrompent. Pour donner raison à Capucine : oui, pas de fascination sans beauté. Et sans beauté d'abord.

Je le pense, moi aussi. Quand on a été malade comme Juliette, on ne réagit sans doute pas comme les autres. Ce n'est pas de sa faute, la pauvre. Et si on changeait de sujet ?

L'enchaînement ne vient pas. Le mécontentement de Capucine s'est inscrit sur ses traits.

Il fait dans le silence un bruit d'alarme. Les autres l'entendent-elles ? Non. Les phrases se coupent, s'emmêlent. Je perçois des sons graves, des sons aigus. Deux voix manquent au brouhaha de notre tablée, sans faire le moindre trou : la mienne et celle de Capucine. Quel vent mauvais souffle sur le réfectoire ?

Nerveuse, Capucine tire sur sa queue de cheval.

– J'offre mon dessert à la plus jeune, dit-elle soudain.

Et ses yeux écarquillés éclairent de reflets verts un sourire éblouissant. En une seconde, Capucine a capté l'intérêt de toutes.

Ce doit être cela, la fascination. Camille, la plus jeune, fixe comme un cadeau des dieux sa double part de gâteau au chocolat.

– Moi, dit Juliette, je digère mal le chocolat. Donc je partage mon gâteau en quatre. Pour les autres !

Ovation pour Juliette. Capucine chantonne... Mais pendant la classe, elle me glisse un mot : *Pas de chambre pour Juliette chez nous. Barre-la de tes plans. Urgent.*

Je réponds : *Pourquoi ?* juste au moment où la maîtresse nous informe que la nouvelle n'arrivera finalement que demain matin.

Je lis : *Comment pourquoi ? Tu n'as pas*

compris qu'elle a fait exprès de partager son gâteau ?

Je réponds à Capucine que c'est le droit de Juliette, quand même, de décider du sort de son gâteau. Puisque le chocolat la rend malade.

Ce n'est pas vrai ! écrit Capucine, souligné trois fois.

Là, je ne réponds plus.

Premièrement, parce que c'est vrai que Juliette ne supporte pas le chocolat.

Deuxièmement, parce que la maîtresse commence à nous avoir à l'œil.

À la récré, Capucine me prend à part. Elle m'explique que Juliette, avec ses mines de sainte nitouche et de violoniste malade, n'est en réalité qu'une hypocrite rusée qui ne rêve que d'une seule chose : prendre le pouvoir dans la classe. Si nous la laissons faire, nous, « les fascinantes », nous serons métamorphosées en pestiférées par la sorcière Juliette. Nous ne serons plus les reines de la classe mais deux numéros, anonymes.

– Quelle chute, hein, Olga ?

Eh bien... « C'est l'Apocalypse ! » comme dit souvent Mamie. Franchement, je n'avais pas envisagé tout ça. Oh ! la la ! : Juliette qui grignote un boudoir s'avance vers nous. Moi, je file. Je ne veux pas parler avec elle tant que je n'ai pas pris une décision à son sujet.

Et mes plans... Ils sont tous conçus avec une chambre pour elle. Il me faudra tout refaire ? J'ai le cerveau brouillé. Il me manque un élément, une espèce de déclic, pour juger cette affaire...

Capucine m'appelle. Je ne me retourne pas. Je ne veux pas voir Juliette.

Hé ! Qu'est-ce que c'est que ces hurlements ?

Capucine ! Elle se roule par terre, les mains sur le visage. C'est affreux ! Elle crie :

– Mes yeux ! Mes yeux !

La maîtresse accourt. Juliette est blême. Elle bafouille :

– Capucine appelait Olga. Elle s'est brusquement retournée vers moi. Je devais être trop près, je ne sais pas... Je crois qu'elle a reçu mon boudoir dans l'œil...

– Menteuse ! Tu l'as fait exprès ! Assassine !

Juliette recule, les yeux ronds d'effroi.

– Tu iras en prison !

Je lui tire les cheveux, la maîtresse se fâche, la directrice accourt. Capucine est emportée, hurlante, les mains crispées sur ses yeux fermés.

Juliette claque des dents. Elle jure que jamais elle n'a mis son boudoir « exprès » dans les yeux de Capucine. Qu'elle ignorait, d'ailleurs, que cela pouvait faire aussi mal.

Les cris de Capucine nous parviennent du bureau de la directrice. C'est terrible, elle appelle sa mère. Puis son père. Et moi, il faut que je rentre en classe parce que c'est l'heure du dessin ! La maîtresse a posé un bouquet de marguerites sur son bureau. Incroyable ! Capucine se meurt, et nous, on barbouille des marguerites ! Je crayonne un bouquet de têtes de morts. À la sortie, je le lance à Juliette. Pétrifiée sur place, la sournoise. Spontanément, plus personne ne lui parle. Je propose sa mise en quarantaine. Acceptée à l'unanimité.

Capucine... Oh ! ma Capucine, pourvu que tu vives. Tu sais, même si tu es aveugle, tu resteras ma meilleure copine !

Vite, à la maison, le téléphone... Allô ! Personne. Elle doit être à l'hôpital. Est-ce qu'on peut mourir par les yeux ? Non... Capucine, tu guériras. Regarde, j'ai barré en rouge la chambre de Juliette. Je n'écouterai plus de violon... Plus jamais. Et puis tu vois ? La pleine boîte de boudoirs ? À la poubelle !

– Mais qu'est-ce que tu fabriques ? Tu jettes les paquets de biscuits, maintenant ?

Graine de Zizanie. Elle me pousse comme une boule puante.

– Ne reste pas là, plantée comme une asperge, Olga ! Réponds-moi !

Je n'ai jamais vu d'asperge plantée et je ne veux pas en voir. Je veux parler à Capucine.

– Capucine va mourir !

– Quoi ?

– Oui ! Elle va mourir ! À cause de Juliette ! À cause de ces sales boudoirs !

– Écoute, Olga, explique-toi clairement, si tu veux que je comprenne.

J'explique. Clai-re-ment.

– Oh ! c'est ça... dit Zizanie, aussi émue que si je lui annonçais que j'ai oublié les clous de girofle chez l'épicier.

– Je te parle d'une tentative d'assassinat ! D'une agonie ! Et c'est tout ce que tu trouves à dire ?

– Tu as de ces mots pour évoquer une maladresse...

– Ah ! parce que toi tu appelles maladresse ce qui cause le martyre de Capucine ?

– Olga ! Ton amie ne s'est quand même pas fait crever l'œil avec un boudoir.

– Qu'est-ce que tu en sais ?

– Bon... Veux-tu que dans un moment j'essaie de téléphoner à ses parents ? Je comprendrai peut-être mieux ce qui se passe.

Là, Zizanie me scie. Ce doit être son amitié pour Audrey, sans doute, (j'ignore si elles ont décidé d'habiter dans une même maison, elles aussi) qui la rend enfin compréhensive...

Graine de Zizanie est excellente en sciences-nat. J'accepte. Ma sœur veut être médecin. Je suis sûre qu'elle connaît l'anatomie de l'œil par cœur.

Une heure plus tard, le diagnostic tombe : éraflure de la cornée. Rien de grave mais le médecin a dit que Capucine a effectivement dû souffrir. Que le boudoir, c'était comme si on lui avait passé une râpe sur l'œil. Capucine portera un pansement pendant quarante-huit heures. Dans une semaine, le médecin contrôlera si la cornée est cicatrisée. Graine de Zizanie a pris une feuille de copie. Elle a dessiné le schéma des différentes parties de l'œil. Elle explique très bien.

Au téléphone, j'ai informé Capucine de la mise en quarantaine de Juliette. Elle devait être fatiguée, sans doute, Capucine, parce qu'elle n'a rien dit.

Thomas est rentré de l'école. Tous les trois, même mon frère, on avait des kilos de devoirs à faire. L'école, ça va dans la journée. Mais recommencer à travailler le soir alors qu'on vient juste de quitter la classe, c'est de la tyrannie.

Après les devoirs, on a profité de l'absence des parents pour regarder la télé en dînant. Au moment de nous coucher, Graine de Zizanie nous a dit qu'elle donnait une boum mercredi après-midi à partir de deux heures.

Que si nous étions gentils, nous irions, moi et Thomas, chez Madame Louis. Que ce serait mieux pour nous parce qu'il n'y aurait que des grands et que ce ne serait pas amusant. Que... Bref, avec son air de mammouth ébouriffé, elle nous flanque à la porte de notre propre maison, oui ! Qu'elle nous chloroforme, tant qu'elle y est ! Comme ça elle aura la paix !

4

Mardi.

On entame notre troisième jour d'orphelins.

Tout va bien. Sauf que Thomas, hier soir, quand Papa-Maman ont appelé, n'arrivait plus à raccrocher. Surtout lorsque Papa nous a passé Maman. Thomas a un peu pleuré dans les cabinets. Pas moi. Je ne vais pas m'attendrir sur des parents qui vont se balader sans nous. Alors que pendant ce temps, Capucine, elle, a manqué mourir. Eh oui ! Je suis dure. C'est comme ça.

En sortant des toilettes, Thomas a dessiné un soleil bleu. Sur le soleil bleu, un cheval rouge. Sur le cheval rouge, un bonhomme noir. Il a sucé son crayon. Il a fait un nuage avec de la pluie dessous. Au milieu du nuage, il a peint deux fraises. Puis il a écrit : *Papa – Maman.*

– Quand on rentre, dit Thomas, c'est bien de trouver des couleurs. Ça vaut une fanfare, non ?

Je n'ai pas répondu.

Parce que Thomas est encore plus doué

que moi en dessin. Que son tableau était vraiment beau. Et que je ne voulais pas lui dire, le pauvre, que des parents qui s'amusent sans leurs enfants se moquent pas mal des dessins d'un soir ! Je suis un peu dure, d'accord. Graine de Zizanie, n'en parlons pas. Mais Thomas est plus tendre que ses sculptures. Il en a fait des centaines de toutes les tailles. En pâte à modeler. Thomas sculpte et peint comme il respire : tout le temps.

Donc je n'ai rien dit. Et puis, bêtement, j'ai pensé à Papa, moi aussi. Et puis à Maman. Terrible... Je veux bien être dure. Mais pas bête. Oh ! que je m'en voulais. Je me sentais comme les omelettes norvégiennes de Bonne-Maman : chaude et gelée à la fois, entre les Mickey de mes draps.

Mais je n'ai pas pleuré, moi. À cause de mon truc : quand les nœuds me coincent la gorge, je respire par le ventre. Génial. C'est Zizanie qui m'a appris. Je n'ai révélé mon secret à personne. Même pas à Capucine. J'ai juste voulu le confier à mon frère qui pleure si facilement. Il n'a pas été convaincu.

– Mes larmes, c'est comme mes pieds, dit Thomas. Elles m'appartiennent. Mon ventre n'a pas le droit de m'empêcher de pleurer quand j'en ai envie.

Typique Thomas, ce genre de réflexion. Je n'ai plus insisté.

Thomas continue de pleurer. Moi je continue de respirer par le ventre. Et je me dépêche d'arriver à l'école pour retrouver ma Capucine.

Quel pansement ! Il lui couvre tout un œil. Capucine est défigurée ! Elle, si belle. Un scandale. On ne fait pas un pansement à une « fascinante » comme à n'importe qui d'autre. Un incapable, ce docteur ! Elle en a jusqu'au nez, de la gaze pour éclopée.

À part Juliette, en quarantaine, les filles de la classe entourent Capucine. Au fait, où est-elle, la violoniste assassine ? Adossée à un marronnier. Seule. Bien fait. Eh ? Elle sort d'où, cette grande bringue ? Elle parle à Juliette ? Mais c'est interdit ! Je vais le lui dire. Trop tard. La maîtresse nous fait entrer en classe. Pour nous apprendre quoi ? Que Charlemagne ne savait pas écrire ! Moi, je me méfie des rois depuis que je sais qu'ils avaient le droit de vie et de mort sur leurs sujets. C'est dégoûtant de pouvoir, à volonté, écraser les gens comme des mouches. C'est encore moins civilisé que Juliette et Zizanie. Moins que les Gaulois qui ont quand même inventé le savon. Il ne manquait plus que les rois illettrés... C'est le bouquet ! Et Charlemagne en plus !

– Charlemagne faisait beaucoup d'efforts pour apprendre, dit la maîtresse. Bien qu'illettré, il avait l'intelligence d'attacher de l'importance à la culture. Ce n'est pas à négliger.

– Non, ce n'est pas à négliger...

De quoi se mêle-t-elle, la nouvelle ? Elle sourit à la maîtresse. Puis à nous toutes. Tranquillement. Comme si elle se balançait en plein vent ! Pour qui se prend-elle ?

D'abord elle parle à Juliette. Puis, pas plutôt arrivée, elle prend la parole en classe. Pas gênée, vraiment ! À la récré, je vais lui dire deux mots à cette... comment s'appelle-t-elle, déjà ? Ah oui ! À cette Chloé !

Juliette a retrouvé son arbre. Elle lit. Ou fait semblant. Vue de loin, la cour de l'école ressemble à une fourmilière. On se presse dans tous les sens. Chloé aussi ! Incroyable. Elle est partout chez elle, cette fille ! Ça y est :

Elle s'arrête devant Juliette... Elle lui parle !

On s'avance à cinq.

– Eh, la nouvelle ! Elle est en quarantaine !

– Ah bon ?

– Oui. Tu ne dois pas lui adresser la parole.

– Elle ne m'a rien fait.

– À toi, non. À Capucine, oui. Regarde son œil !

– Et Capucine a besoin des autres pour régler ses comptes ?

– Non. Mais c'est une question de solidarité, figure-toi !

– Peut-être. Mais comme je n'étais pas là quand c'est arrivé, je ne peux pas juger. Donc je ne peux pas être solidaire.

– Tu ne nous fais pas confiance ?

– Je ne vous connais pas plus que Juliette.

– Mais tu choisis de lui parler !

– Pas plus qu'à vous.

Oh ! le ton... Il me rappelle celui de Zizanie ! Nous tombons toutes d'accord pour prononcer une deuxième mise en quarantaine : celle de la nouvelle. Opposition de Capucine : Juliette ne serait plus la seule à qui on ne parlerait pas...

L'avis de Capucine l'emporte.

Là-bas, sous l'arbre, Juliette discute avec Chloé. Soudain, elle pleure dans ses mains. Chloé se penche. Elle prend Juliette par les épaules. Elle chuchote à son oreille. Juliette relève la tête. Elle s'essuie les yeux. On se croirait au théâtre. Ce n'est pas à moi qu'elle jouerait cette comédie !

Concombres à la crème. Poisson pané. Je ne dirai jamais assez à quel point j'aime manger à la cantine. Normal. C'est le seul restaurant qui existe pour les enfants. Dans les « resto » panachés parents-enfants, on est tolérés. Ici, on est chez nous.

Juliette, en bout de table voisine, a l'air d'un escargot sans coquille. Sans rien demander, la nouvelle s'est assise en face de Capucine !

À côté de moi qui, encore debout, allais me mettre, comme d'habitude, à ma place.

– Je ne t'ai pas désignée pour être à côté de moi, dis donc ! On n'a pas encore distribué les places, avec Capucine.

– C'est la cour du roi ou quoi ? pouffe de rire Chloé. Moi non plus, je ne t'ai pas désignée !

– Tu ne crois pas, intervient Capucine plus froide qu'un bac à glace, que tu es un peu trop nouvelle pour faire la loi ici ? Que cherches-tu, au juste ?

– Mais rien ! J'ai faim, c'est tout ! Tiens, fais circuler les concombres.

– Non. Je t'ai posé une question, la nouvelle.

– Et moi, je te dis de faire passer le saladier. Tu t'y agrippes comme à une bouée !

Non mais, écoutez-moi cette arrogance ! De son œil unique, Capucine défie Chloé qui s'est levée, contourne la table, arrache d'un coup sec le saladier des mains de ma meilleure amie et se rassied.

Un silence d'avant-guerre cosmique s'abat sur la table, plouf ! comme une patte d'éléphant. Je nous sens bizarres, Capucine et moi... Brr... Rétrécies. C'est de la faute au pansement. J'étouffe avec elle, là-dessous. On en perd nos moyens. Enfin, plus qu'un jour. Ensuite, fini le pansement. Capucine retrouvera son assurance. Et gloup, une bouchée elle en fera, de cette Chloé !

Au fait qui est-elle, cette sauterelle ? Cheveux blonds, courts, plats, raides, yeux marron, nez trop long ! Pas bien belle, la nouvelle ! Moche ? Elle pourrait l'être, oui... Elle ne l'est pas. Pourquoi ? Oh ! que je suis mal à l'aise. Elle dit qu'elle vient de Bordeaux. Que son arrière-grand-père est ostréiculteur à Piraillan, sur le bassin d'Arcachon. Qu'elle passe ses vacances sur des « pinasses », les barques des pêcheurs de là-bas. Elle dit que, l'été, elle vit au rythme des marées, avec son Grand-Papé.

– Moi, j'ai une arrière-grand-mère, dis-je. Elle est alsacienne et très jolie.

– Tu dois lui ressembler, conclut la nouvelle aussi décontractée que si elle buvait une grenadine au soleil.

– Laisse Olga tranquille, grogne Capucine.

– Arrête, Capucine. T'es pénible !

Camille se fâche. C'est la meilleure !

– C'est vrai quoi, renchérit Sophie, la plus hargneuse de la classe, arrête !

– Oh ! toi, le roquet, je ne t'ai pas sifflé.

– Et toi, la borgne, explose Camille, laisse parler les autres !

Le vent tourne au cyclone.

L'atmosphère à la révolution.

Un mauvais génie nommé Chloé s'est

échappé d'une huître pour semer la panique à la cantine.

Capucine s'est levée. Elle quitte le réfectoire. Avant de s'en aller, elle a pincé de toutes ses forces Camille qui hurle. Madame Monique, la surveillante, court derrière Capucine qu'elle ramène comme une voleuse. Un vrai western, quoi.

– Excuse-toi, Capucine, dit la surveillante. As-tu vu le bras de Camille ?

– Je ne m'excuserai jamais ! Et si vous me bousculez encore, je le dirai à mon père qui est ami avec l'inspecteur d'Académie !

– D'accord, dit la surveillante. En attendant, va terminer ton déjeuner à une table où tu ne pourras pincer que les courants d'air.

Ma Capucine... Seule à une table... Éloignée comme une brebis galeuse... Madame Monique a osé ! La foudre me tombe sur la tête. Un vrai cauchemar ! Incroyable : je vois des huîtres. Je ne plaisante pas : je vois les huîtres du Grand-Papé de Chloé. Elles ont des dents. Elles rient. Elles laissent échapper des milliards de perles dans le réfectoire. Elles vont nous engloutir !

Petit tour de tête à gauche. Petit tour de tête à droite. Le cou fonctionne. La gorge aussi : super, les frites. Par contre, la vue... Capucine en pointillés que je ne reconnais pas, plus étrangère que la nouvelle dont le regard fort, chaud, attire le mien : ma vue ! Elle est revenue !

– Olga, chuchote Chloé, je suis désolée pour Capucine. Tu sais, mon arrière-grand-père dit que le temps, c'est important, qu'il mûrit les pensées comme des fruits.

Qu'elle est belle...

Pas à ma façon.

Ni à celle de Capucine.

Elle est belle à sa façon d'être.

– Pourquoi me dis-tu ça, Chloé ?

– Je pensais à mon Grand-Papé, tout à coup.

– Je ne vois pas le rapport avec Capucine.

– Mon Grand-Papé a toujours été un non-violent et...

– Capucine n'est pas violente ! Mais si on la provoque...

– C'est elle qui provoque les autres, oui ! éclate Camille. Et j'en ai marre. Ce n'est pas parce qu'elle est belle que tout lui est permis ! Et en ce moment, avec un seul œil, elle n'est pas terrible de toute façon.

On doit ressembler à des carpes, toutes autant qu'on est, bouche bée devant Camille. C'est le moment que choisit Capucine pour nous rejoindre :

– C'est ma place.

– Capucine ! Ta place est celle que Madame Monique t'a désignée.

– Olga !

Des larmes jaillissent dans l'œil effrayé de Capucine.

Mais qu'est-ce qui m'a pris ? Attends, Capucine... Je vais m'excuser. Trouver un mot gentil. T'embrasser. Impossible. J'ai un parasol dans le crâne. Il me masque la lumière. Et en plus j'ai de l'eau dans les yeux, moi aussi.

Chloé m'observe.

Ne la regarde pas, Olga, ne fais pas l'idiote, respire par le ventre et surtout, hein, ne te mets pas à pleurer. On ne va pas toutes glouglouter dans le drame, maintenant. Ce n'est plus une école, c'est un opéra.

Classe. Ronron.

Je marche sur des sables mouvants.

Que dit la maîtresse ?

De temps en temps, je cherche au fond de la salle les yeux dorés de Chloé. Et Juliette qui sourit à tout le monde, l'air bêta ; finie la quarantaine ! Dire que Maman n'est pas là. Ce n'est pas que j'aie l'habitude de lui faire mes confidences. Pas du tout. Mais pour une fois, je voudrais lui parler. De Chloé. Oui, j'ai terriblement envie de lui parler de Chloé. De prononcer son prénom à la maison. Au milieu du lait, des artichauts et des poireaux. Chloé, Chloé, Chloé, Chloé.

C'était inévitable.

À la récré de l'après-midi, Capucine me somme de m'expliquer : je sympathise avec l'ennemi, pourquoi ?

– Quel ennemi ?

– Hein ?

Capucine s'étouffe de stupéfaction. Pire que tout à l'heure au réfectoire. Faut la comprendre. En arrivant à l'école, ce matin, je l'aurais défendue comme une lionne, mais ce soir, ben... ce serait plutôt comme une libellule.

– Olga ! Je ne suis plus ta meilleure amie ?

– Je ne sais pas...

– Mais qu'est-ce que je t'ai fait ?

– Rien.

– Alors ?

– Alors rien.

– Tu perds la tête ou quoi ? C'est la nouvelle qui te rend dingue ?

– Laisse Chloé !

Djiou... Ma riposte a fusé à trente milliards à l'heure.

– Ma pauvre Olga !... Tu changes d'amies comme de chemises, on dirait. Eh bien, va avec ta Chloé. Elle est chouette, ta nouvelle copine ! Avec son grand nez. Ses cheveux de

plumes raides. Son allure de garçon loupé !
Capucine, tu n'aurais jamais dû dire cela.

À la maison, j'ai voulu goûter seule, dans ma chambre. Thomas m'a bien regardée. Puis il a accepté.

– Tu fermeras les yeux, dit Thomas. Tu feras le tunnel dans ta tête. Au bout d'un moment, tu verras, t'auras les couleurs que tu voudras.

Thomas voit tout en formes et en couleurs. Même ce qui ne se voit pas. Aimerait-il Chloé ?

Il est allé manger des beignets chez Madame Louis. J'ai fermé les yeux. J'ai fait le tunnel. Je n'ai vu que du noir charbon.

Graine de Zizanie est rentrée avec du coca et des jus de fruits pour sa boum. Audrey est venue un peu plus tard. Elles ont fait des tartes et deux terrines de mousse au chocolat.

Les parents ont téléphoné. Je n'ai pas parlé de Chloé. Du coup, j'étais en panne d'idées. Alors j'ai dit des mots vides. Des mots passe-partout qui m'ont sapé le moral.

5

Mercredi.

Depuis hier soir, Graine de Zizanie vit sur les nerfs. On dirait qu'elle attend le prince charmant. Ce matin, avant de filer au lycée, elle nous a suppliés de ne « surtout-pas-mettre-l'appartement-en-désordre-Olga-et-Thomas-par-pitié ».

On n'a pas école, nous, le mercredi. Zizanie, elle, a cours jusqu'à midi. Sa boum commence à deux heures. Elle aura juste le temps de rentrer et de sauter dans le pantalon violet qu'elle veut étrenner.

Les parents reviennent demain matin. Thomas en rit de joie. Il a dit que, sans Papa-Maman, l'appartement est comme la tour de Pise : il penche. Sur ce, Thomas est sorti. Il a empli un seau de terre, de feuilles, de cailloux.

Douche. Shampooing. Une demi-heure plus tard, qu'est-ce que j'ai trouvé ? Un bloc de terre mouillée, feuillue, dressé sur le plat à poisson. En fait une tour bancale, géniale.

J'ai mis mon survêtement rose et gris. Je

suis descendue chez Madame Louis. Une chance que ce soit mercredi. Quand j'y pense... Je n'aurais eu ni la force de supporter les attaques de Capucine, ni celle de me défendre.

La loge de Madame Louis est toujours fleurie.

Le chat ronronne.

Des étagères montent jusqu'au plafond, garnies de confitures et de bonbons.

Madame Louis a un fils, marié « à une bru charmante mais ils n'ont pas d'enfants ». Alors, une nuit de vent et de neige, Madame Louis a réveillé Monsieur Louis : elle venait de prendre une décision. Au lieu de se lamenter de ne pas être grand-mère, elle adopterait les enfants de l'immeuble qui voudraient d'elle. Non ?

Monsieur Louis a grogné. Il a marmonné un « oui... oui.... » effiloché. Puis il s'est rendormi. Mais le lendemain, en ouvrant son buffet, Madame Louis a trouvé des images, des pralines, de la réglisse, de la farine : *Pour nos petits, ton mari.*

C'est ainsi que la loge de Madame Louis est devenue la crêperie du mercredi.

Des fois, on croise une grande de seize ans qui a déménagé voici quatre ans. Chaque mois elle rend visite à Madame Louis avec un bouquet d'anémones !

– Madame Louis, j'ai une nouvelle amie.

Mots sans respirer. Trop-plein qui a roulé de mon cœur à ma bouche comme une avalanche.

– C'est important, dit Madame Louis. Comment s'appelle-t-elle ?

– Chloé. À cause d'elle, je vais perdre Capucine.

– Pourquoi ?

– Parce que je préfère Chloé.

C'est dit. Haut. Clair. Net. C'est dit.

La cassure entre moi et mon ex-meilleure amie vient d'être prononcée. Là, aujourd'hui mercredi. Définitivement. À quelques heures de la boum de Zizanie, dans la cuisine de Madame Louis.

– Aimes-tu bien Capucine ?

– Euh !... Oui !

– Alors pourquoi voudrais-tu donc la perdre ? On peut avoir plusieurs amies en même temps.

– Capucine n'acceptera jamais de ne pas passer en premier.

– Est-ce qu'elle tient à toi ?

– Je crois. Elle a pleuré, et elle a dit des choses horribles sur Chloé.

– Parce qu'elle avait de la peine.

– Ce n'est pas une raison !

– Si. On peut perdre la tête, tu sais, de ne plus se sentir préféré.

Comme elle a dit ça, Madame Louis...

– Sûr que ce n'est pas toujours facile de respecter les sentiments des autres. Et pourtant, il faut bien apprendre un jour.

– Si vous croyez que Capucine a envie d'apprendre à respecter mes sentiments pour une autre !

– Aura-t-elle le choix si elle veut te garder ?

– Non.

– Tu vois...

– Madame Louis... Cela arrive souvent, comme à moi, de changer de cœur ?

– Tu n'as pas changé de cœur, ma grande : tu vis !

– Je vis, je vis... Et si demain je n'aime plus Chloé mais une autre ?

– Eh bien, tu en aimeras une autre. Tu en seras heureuse. Ou malheureuse... Il n'y a pas de contrats de garantie contre les émotions, mon poussin ! C'est ça, l'existence ! Ou tu l'acceptes. Ou tu t'installes toute seule au fond des bois. Tu as le choix.

Je n'ai plus envie de parler. Une pensée horrible me serre le cœur, pire qu'une pince à linge : qu'est-ce qui empêcherait Chloé, demain, de ne plus s'intéresser à moi ? Et que pourrais-je y faire ?

Ce n'était pas toujours très joli au temps des rois, le droit de vie et de mort mais, côté pratique, c'était l'idéal. La reine avait une meilleure copine qu'une duchesse voulait lui voler ? Couic, empoisonnée la duchesse !

Je rentre à la maison. Étrange, un appartement vide. Vide avec soi dedans. Ce silence... Plein des voix de Papa, Maman, Marine, Thomas. C'est spécial un silence de maison. Rien à voir avec celui de la classe ou des champs. Combien sont-ils, les silences ? Des milliards, peut-être, qui s'imbriquent les uns dans les autres comme des legos ? Et ça fait le silence du monde...

Téléphone.

Bon-Papa. Bonne-Maman.

– Tu es seule ?

– Oui je suis seule. Thomas est au judo.

– Comment cela, tu es seule ?

Oh ! la, la...

Re et re-téléphone.

Mamie. Une amie de Maman.

La sonnerie brait comme un âne, depuis que les parents sont en Hollande. On nous prend pour des princes menacés de kidnapping. L'Élysée n'a pas encore appelé ? « Allô ! Mademoiselle Olga ? C'est le président de la République. Vous êtes seule ? » « Oui, Monsieur le Président. Thomas est au judo. » « Comment cela, vous êtes seule ? » Police. Pompiers !

Déjeuner chez Madame Louis avec Thomas. Gratin de nouilles... Fondant... Croustillant... Si tu aimes les pâtes, Chloé, tu viendras en déguster chez Madame Louis. Pour la remercier, on inventera la fête des gardiennes. On lui offrira du lilas. Pas du blanc pâle. Ni du violet foncé. On lui offrira le plus beau des lilas parme, d'accord, Chloé ?

– Je m'en vais pêcher à dix kilomètres d'ici, dit Monsieur Louis. Dans une rivière truffée de goujons. Qui vient ?

Thomas. Sûrement pas moi ! J'ai horreur d'enquiquiner les poissons. Et puis j'ai à penser.

Le soleil et Zizanie inondent ma chambre. L'un, radieux. L'autre, sinistre.

– T'es là ?

– Non, c'est un mirage.

– T'es pas chez Madame Louis ?

– J'en viens. Super, son gratin de nouilles.

– Tu ne comptes pas rester là ?

Elle panique, la Graine. On mijote un coup, peut-être...

– Je suis dans ma chambre. Pas dans la tienne !

– La question n'est pas là. Je donne une boum, Olga ! UNE BOUM !

Boum-boum. La Graine gonfle ses joues, elle va éclater.

– Et alors ?

– Et alors je ne t'ai pas invitée !

– Le contraire m'aurait étonnée. Mais j'ai quand même le droit de rester dans ma chambre.

Zizanie serre les poings. Les lèvres. Les dents. Des feux meurtriers s'allument dans ses prunelles. Si elle pouvait me faire flamber comme du petit bois, je ne ferais pas long feu, c'est le cas de le dire.

– Je t'avertis, Olga : si tu poses un demi-orteil dans la salle de séjour, tu descendras l'escalier sur les fesses jusque chez Madame Louis. Il était convenu que tu déjeunerais à la loge. Puis que tu irais chez ta Capucine. T'es rien qu'une sale gamine ! Si tu pouvais tomber malade, tiens... qu'on n'entende plus parler de toi pendant six mois ! Allez zou ! Du balai !

Plaf, ma porte ! Elle l'a claquée, cette dingue, comme si elle lançait le poids ! Je vais lui dire un peu ce que je pense, moi. Pour le principe ! Les ordres me font voir le monde vermillon. Et le chantage me donne des boutons !

– Marine ! Tu n'as pas le droit de claquer ma porte ! Ni de me mettre à la porte de la maison ! Ici je suis aussi chez moi, figure-toi ! Boum ou pas !

– Pousse-toi. Tu ne m'intéresses pas.

Oh, elle peut me faire le coup du mépris, ça m'est complètement égal...

Vingt-deux minutes trois quarts qu'elle se pomponne. Montre en main. Si elle croit qu'elle va sortir de là en Belle au Bois-Dormant ! La salle de bains n'est pas enchantée. *Go* ! La fusée Marine a failli m'écraser les pieds alors que j'allais au cabinet. Elle est d'une nervosité, la Graine ! Si elle doit encore grandir, je suis sûre qu'elle va pousser tordue.

Oh ! et puis cette boum... Quelle histoire ! Tout ça pour fumer une cigarette et se tortiller sous trois spots !

Deux heures.

On sonne. J'ai entrouvert la porte du couloir qui sépare les chambres du séjour : je vois tout ! C'est Audrey. Elle a le même pantalon que celui de ma sœur mais vert. Elle a bouclé ses cheveux, elle porte un chemisier blanc avec des manches énormes. Très joli. À côté, avec son polo jaunâtre trop large, Zizanie a l'air d'une souillon qui va traire les vaches.

Un... deux... trois garçons viennent d'entrer. Mains dans les poches, regards lointains, sourires en coin, ils ne se prennent pas pour des prunes ! Surtout une espèce de maigrichon noiraud qui relève le menton comme s'il y transportait en équilibre un œuf cru.

Ah ! celle-là je la connais : Sarah, une amie de ma sœur et d'Audrey. Avec ses toilettes excentriques et ses boucles d'oreilles plus luisantes que du papier alu, elle ne passe pas inaperçue, dans la rue. Elle est gentille Sarah, mais sa manière de parler m'agace. Je n'aime pas les voix pommadées.

Rideaux tirés. Spots. Musique. Ça hurle, là-dedans.

Marine et Audrey ont disposé sur la table, poussée au fond de la pièce, bouteilles, olives, tartes, mousse au chocolat, chips, fruits.

Tiens... le maigrichon noiraud s'appelle Aurélien. Il danse avec Sarah en fumant. Moi, si je dansais, je ne supporterais pas qu'on me souffle dessus comme un buffle.

Il l'embrasse ! Sur la bouche ! Avec sa bouche à lui pleine de fumée ! Beuh ! Elle va s'asphyxier ! Pas du tout. Elle se trémousse, cette Sarah, les yeux fermés, les bras noués autour de ce fourneau mal réglé... Dégoûtant !

Des éclairs rouges zèbrent les murs.

Lancée à toute volée par un roux en velours noir, Audrey tourbillonne.

Et flac. Le fourneau déréglé a renversé son verre de coca. Zizanie essuie. Elle a un sourire de servante qui me fait presque mal. C'est vrai. Elle sert à boire, à manger... Elle n'a pas l'air de s'amuser. Elle sourit beaucoup.

Eh ! Le fourneau ! Pas gêné ! Il vient d'embrasser une autre fille contre la porte du couloir ; il a manqué me la claquer au nez, cet idiot ! Regardez-moi ça ! Il s'empiffre de mousse, maintenant, avec ses yeux de veau et ses pattes de moustique. Berk !

Marine danse avec le roux d'Audrey. On se serre, on se bisoute dans tous les coins. Smic, smac, smoc. Ils vont s'entravaler.

Je m'offrirais bien une cuillerée de mousse au chocolat... Qu'est-ce que je risque ?

Je suis entrée.

Ils ne me voient même pas. Une mite les intéresserait davantage. Dans ce cas, hein, autant y aller carrément : avec la louche.

Je me prépare une de ces boules de mousse...

– Salut, la mouflette ! T'es belle, dis donc ! Tu danses avec moi ?

Fourneau-œil-de-veau ! Il lève un bras en demi-cercle...

Olé ! On dirait un matador en papier de soie.

– Laisse-la tranquille, Aurélien. C'est ma sœur. Olga, va-t-en.

– Mais non ! Au contraire ! Elle est ravissante, la petite sœur. Tu nous l'avais cachée ! Viens danser avec moi, Olga... Quand tu seras grande, je t'épouserai peut-être.

– Sûrement pas.

– Pourquoi pas ?

– Parce que tu ne me plais pas.

– Dans quelques années tu changeras d'avis...

Ah, ah, ah ! Il rit. Il rit, vexé.

Zizanie a ajouté un spot. Les visages sont verdâtres. Bouh... On ne sait plus si on est sur Terre ou sur Mars.

Quelqu'un a encore monté la sono. C'est fou, ce boucan. Ma sœur ne fait plus du tout attention à moi. Elle va, elle vient, elle travaille, Graine de Zizanie. Une vraie fourmi. Sarah a baissé les lumières. Elle lorgne le fourneau comme si c'était le père Noël. La salle de séjour tremblote. Dans le noir, les bouts des cigarettes donnent l'impression de phares lilliputiens. Olga, retire-toi donc avec ta louche, tu es sur un volcan à deux doigts d'exploser.

Téléphone. Thomas. Il appelle d'un café. Il boit une grenadine avec Monsieur Louis. Ils n'ont pas attrapé un seul goujon mais ils ont cueilli des marguerites. Et acheté du miel. Qu'ils veulent manger avec des galettes. Faut que je prévienne Madame Louis qui doit téléphoner à une copine parce que sa ligne est occupée depuis une éternité. La voix de Thomas dans ce brasier, c'est de la menthe fraîche. Ici ça transpire, ça coule, ça bout. Trois mille mottes de beurre sous les Tropiques seraient plus appétissantes que les copains de ma sœur.

Je descends.

Grand calme chez Madame Louis, qui raccroche son téléphone à l'instant où j'entre. Nuage ronronne.

On attend le miel et les marguerites. On goûte. On va digérer dehors, avec Thomas. Presque six heures. On remonte.

Ils sont partis. Sauf Audrey. Dans le couloir, elle parle à ma sœur comme à un enfant malade.

– Laisse faire le temps, Marine. Je suis sûre qu'il penchera en ta faveur...

– Oh ! c'est tout vu, répond ma sœur d'une voix triste que je ne lui connaissais pas, je ne suis pas assez bien. Je suis lucide, tu sais ! Que veux-tu qu'il fasse d'une fille comme moi ?

Marine vient de m'apercevoir. Elle aboie un « enlève-tes-bottes-pleines-de-boue » sur un ton de bouledogue qui me donne envie de la mordre.

– J'enlèverai mes bottes si je veux ! T'es pas Maman !

Vlan, une claque.

Elle m'a donné une claque !

Je lui mords, mais alors là de toutes mes forces, son petit doigt.

Pif-paf. Claque double.

Au secours ! À l'aide ! Au meurtre ! À l'assassin ! Graine de Zizanie devient folle ! Elle me secoue comme une salade !

Audrey m'arrache à cette dingue.

– Laisse Olga, Marine, tu vas lui faire mal.

Audrey tire lentement ma sœur par un bras. Comme si Graine de Zizanie apprenait à marcher.

Elles se sont enfermées dans sa chambre. On n'entend plus un bruit.

J'en ai archi-marre de ses crises de nerfs. Qu'est-ce qu'elle a ? Une histoire de garçon ? Ce n'est pas une raison pour tenter de m'assassiner ! Je l'avais bien dit qu'on nous avait abandonnés à une barbare. Qu'est-ce que je voudrais que Maman soit là...

Thomas tambourine à la porte de ma sœur.

Audrey ouvre. Elle le prie d'arrêter sur un de ces tons secs de claquement de drapeau en plein vent ! Graine de Zizanie passe devant nous comme une somnambule, les yeux dans le vide.

– Essayez d'être un peu compréhensifs, Olga et Thomas, dit Audrey. Marine a des soucis. Épargnez-lui vos bottes crottées sur la moquette. D'accord ?

Mon sang ne fait qu'un tour, comme on

dit. Je riposte que la moquette n'appartient pas à Marine mais à la famille, et d'un. Que nous n'avons pas de crotte à nos bottes mais de la boue, et de deux. Que pas un millimètre de boue n'est tombé sur la moquette, et de trois. Qu'en conséquence j'attends illico des excuses, et de quatre. Une famille, ce n'est pas une dictature. Et si ça l'est, alors il ne faut pas s'étonner que les plus petits fassent la révolution. Là !

– Pardonne-moi, Olga. Tu as raison. Je n'aurais pas dû t'envoyer une claque. C'est vrai que tu n'as pas taché la moquette. Mais tu réponds toujours et... j'étais énervée...

Graine de Zizanie qui s'excuse !

– Je t'ai mal répondu parce que toi, tu m'as mal parlé.

– C'est vrai...

Oh, la, la... Ça ne va pas du tout, ma sœur. Elle lave mes bottes en caoutchouc, puis celles de Thomas, l'air complètement ailleurs. Ses yeux flottent au-dessus de l'évier comme deux noyés. J'ai peur. Elle frotte et frotte nos bottes comme un automate remonté pour des siècles.

– Marine ?

Elle n'entend plus. Elle ne voit plus.

– Marine, tu ne crois pas que maintenant nos bottes sont propres ?

– Mnn ? Les bottes... Quelles bottes ? Ah oui ! les bottes...

Téléphone. C'est Maman !

Graine de Zizanie a colorié sa voix de tons gais. C'est plus triste que le noir corbeau. Moi aussi, je fais la joyeuse au téléphone. On doit sembler aussi naturelles qu'un boa en tutu parce que Maman demande tout de suite ce qu'il y a. « Rien du tout », je dis très vite. Maman s'inquiète. Graine de Zizanie m'arrache le téléphone des mains.

Finalement, les parents ont téléphoné à Madame Louis. Pour qu'elle monte chez nous constater que tout va bien, avant de les rappeler à Amsterdam.

Idiot. Si j'étais à la place de ma sœur, je serais furieuse. Pas elle. Au contraire, elle débite à Madame Louis et à nous tous, d'ailleurs, de la gentillesse en tranches. Comme une machine à griller des tartines.

J'ai peur. Si seulement Papa et Maman pouvaient être là...

Qu'est-ce qu'elle a, ma sœur ? Je me sens toute seule. Qu'est-ce qui peut bien tourmenter à ce point Graine de Zizanie ?

Thomas est descendu avec Madame Louis. Marine est allée chez Audrey « juste pour une heure ».

Je suis toute seule. Je m'ennuie.

6

J'ai une idée. Je vais fouiller la chambre de Marine.

Ma barrette dorée ! Je la cherche depuis cet été ! Oh ! Mon feutre violet ! Faut pas s'en faire, hein ? Il est dans sa trousse avec son stylo à plume. Et... mais c'est mon foulard indien sous sa pile de culottes ! Voleuse ! Tiens... je ne lui connaissais pas cette boîte de peinture. Elle est énorme... Elle a une serrure ? Jamais vu une boîte de peinture qui ferme à clé. Zut. La boîte est fermée. Faut que je me dépêche, Graine de Zizanie est chez Audrey pour un petit moment, pas pour des lunes.

Qu'est-ce qu'elle a bien pu faire de la clé ?

Rien dans les poches de son ciré. Rien dans celles de son manteau. Elle doit garder cette clé sur elle. Signe que c'est drôlement important, ce qu'il y a à l'intérieur.

C'est peut-être son journal intime ? Non... Elle ne s'intéresse qu'aux sciences nat. Pas du tout le genre à écrire en cachette des poésies ou un journal. Non, vraiment pas.

Que peut-il bien y avoir dans cette boîte ?

La clé !

Elle était dans la poche intérieure d'un de ses sacs ! Voyons, voyons... Décevant. Des tubes de peinture et encore des tubes. C'est bizarre, on dirait qu'il y a une espèce de double fond... Graine de Zizanie est une espionne ! Si elle me voyait, elle m'arracherait les yeux...

Un cahier ! C'est son journal. Là. Sous les tubes. Çà, je ne l'en aurais jamais crue capable. Qu'est-ce qu'elle peut bien se raconter ?

1er août

Papa est à la plage avec Olga. Maman fait des courses avec Thomas. Bonne-Maman rit avec Mamie. Et toi, ma pauvre Marine, que fais-tu ? Rien. Je suis seule. Affreusement seule. Et je pense à Toi. À Toi. À Toi.

2 août

Pourquoi te précipites-tu à la boîte aux lettres à l'heure du facteur, ma pauvre Marine ? Bien sûr, Il a ton adresse. Mais rien ne dit qu'Il va t'écrire parce qu'Il t'a embrassée ! Baiser de boum. Baiser de rien du tout. C'est avec Sarah qu'il a dansé après. La belle Sarah aux cheveux couleur de blé, aux yeux de matin d'été... C'est

Sarah qu'Il a raccompagnée, en lançant à la compagnie un « ciao » de papillon heureux. Ils étaient si beaux... Je les ai regardés partir. Anéantie par la Beauté. Moi qui suis laide.

J'en étais sûre qu'elle était jalouse ! Oh ! ce ton supérieur qu'elle a toujours, même quand elle écrit. Ça me tape sur les nerfs. Et de qui parle-t-elle, au fait, avec son « Il » ?

4 août

Marché ce matin en famille.

Horreur de cet équipage familial, coincé entre les melons, les poissons, les jambons... Sensation d'étouffement. Envie de hurler. J'en ai rien à faire de vos provisions, mon père, ma mère, ma grand-mère et mon arrière-grand-mère ! Rien ! Je n'ai pas faim ! Je n'ai pas envie de tirer Thomas qui lambine, je n'ai pas envie de jouer les mulets chargés, je n'ai pas envie d'entendre pour la énième fois le énième inconnu qui dira d'Olga : « Elle est ravissante cette enfant ». Oui, Olga est ravissante. Elle le sait. Tout le monde le sait. Elle est belle. Je suis moche. Ma pauvre mère, tu auras quand même la moyenne. Grâce à Olga.

Si Tu étais là, ce marché serait un potager enchanté...

7 août

Aurélien... Il m'a écrit !

Tu m'as écrit, Aurélien !

Oh ! il ne faut pas rêver, juste trois lignes de Tunisie : « Bises et à bientôt à la rentrée. » Mais Il a pris le temps de m'écrire. À moi. Pendant quelques secondes, Il a été en esprit seul avec moi. Avec mon nom. Avec mon prénom. Avec mon adresse.

Aurélien, je t'aime.

C'est la première fois que j'aime, tu sais ?

Je me représente l'amour comme une échelle magique : en bas la souffrance, en haut le bonheur...

Jour lumineux.

Non mais je rêve... Aurélien, c'est Fourneau-œil-de-veau ?

J'ai fait de la planche à voile avec Papa. J'adore mon père. D'ailleurs j'ai aimé tout le monde, aujourd'hui. Difficile d'être grognon, au paradis.

9 août

Courrier de Sarah ce matin.

Elle a reçu une lettre d'Aurélien. Une lettre. Pas trois mots sur une carte. « Il m'écrit des phrases si jolies, si douces... si tu savais, Marine ! »

Non, je ne sais pas, Sarah. Je souffre le martyre, au plus bas de l'échelle.

Mes veines crient.

C'est bien Fourneau-œil-de-veau ! Marine est amoureuse du squelette enfumé qui sort avec Sarah !

10 août

Anniversaire d'Olga.

Maman lui a fait une robe en crépon blanc. À volants. Bronzée sous ses cheveux pâles, Olga est la beauté personnifiée. On a dû le lui dire cent mille fois aujourd'hui. D'ailleurs elle s'en moque, elle est habituée. C'est comme les gens riches qui ont tant d'argent qu'ils n'y font plus attention. Olga, elle, ne fait plus attention à sa beauté. Pour elle, cela va de soi. On n'en parle même pas.

Je donnerais la moitié de ma vie pour avoir sa tête.

Encore une chance que les greffes de tête n'existent pas. Sinon, je suis sûre qu'elle n'hésiterait pas à me décapiter, cette sauvage.

15 août

Repas de famille.

Un de ces repas qu'on mastique à n'en plus finir.

La mort en caramel mou.

Les petits ont été autorisés à quitter la table tôt. Je les ai enviés. À quinze ans, on vit coincés entre les gosses et les adultes. L'adolescence n'est qu'un âge-sandwich, sec et fade.

Mamie est une arrière-grand-mère imprévisible. Au dessert, elle m'a donné son vieux collier de perles roses. Pourquoi à moi ? Dans quatre ou cinq ans, Olga le portera bien plus joliment que moi. Avec ma tête moche et mon cou épais, Mamie que j'aime, de quoi auront-elles l'air, tes perles ? D'ailleurs, Olga a pouffé de rire :

– Tu vas ressembler à une vache endimanchée, avec ce collier ! C'est pas ton style !

Non, Olga. Ce n'est pas mon style. Merci de me le rappeler, des fois que je l'oublierais.

Mamie s'est fâchée :

– Olga, ta sœur a une beauté, une grâce sauvage, un éclat chaud de marron d'automne que tu n'auras jamais. Ces perles auront sur Marine tout le charme de l'ambiguïté.

« Le charme de l'ambiguïté »... Pauvre Mamie ! Ne sais-tu pas que les pieux mensonges font encore plus mal que la vérité ?

Vive la vérité crue d'Olga.

Je voudrais mourir.

16 août

Thomas a la manie de pincer. Je lui ai donné une claque. Maman a protesté. Contre moi, naturellement. Quand ça l'arrange, il faut que les petits m'obéissent, que je les surveille, parce que « je suis grande ». Quand ça la dérange, elle me ramène au même âge qu'Olga et Thomas.

C'est ce qu'on appelle, chère mère, « faire feu de tout bois ».

Aurélien...

20 août

Vivement la rentrée... Au moins je pourrais Le voir.

Je voudrais être médecin. C'est bien, pour une femme moche. Doctoresse à tête de star, ça ne fait pas sérieux. Tandis qu'un « visage ingrat » si.

Mon père, ta phrase-aspic m'empoisonne jour et nuit.

Ah bon ? Mais moi, je lui ai dit ça juste pour lui clouer son bec de prétentieuse. Pas pour l'empoisonner nuit et jour. Faut pas exagérer !

25 août

Appel de Sarah.

Très gaie au téléphone. Ne m'a pas dit un mot

sur Aurélien. Signe que tout va pour le mieux entre eux. C'est curieux d'entendre la gaieté quand on est soi-même au fond du gouffre.

Curieux et indécent de part et d'autre.

26 août

Je ne savais pas que c'était possible d'aimer aussi fort un être pour lequel on représente aussi peu.

Aurélien...

Ce mois d'août n'en finit pas.

28 août

Je ne peux plus supporter les appels de Sarah.

Ce matin, elle m'a annoncé comme des fiançailles la troisième lettre d'Aurélien. Sa voix avait un éclat de fanfare insupportable.

Carte d'Audrey. Elle rentre dans trois jours.

5 septembre

Je L'ai revu.

Il sortait de chez le pâtissier avec sa mère, une femme magnifique en pantalon lilas.

Je me suis cachée derrière un tronc d'arbre. Le bon Dieu a dû concevoir le même jour les troncs et « les visages ingrats ». Les premiers pour cacher les seconds.

Il mordait dans un chausson aux pommes. Il riait.

8 septembre

J'ai décidé de m'offrir une cérémonie d'adieux. Pour voir quel mélange ça fait, la fête et la douleur. Je profiterai d'un voyage des parents, mi-octobre, pour faire une boum. Avec Sarah et Aurélien. Et quand j'aurai bien souffert, lentement, je me laisserai mourir. Avant, je te donnerai le collier de perles roses de Mamie, Olga. Il y a des jours où je te hais, petite sœur. Mais pas aujourd'hui. Tu es si petite, si fragile... Tu es si jolie.

Marine ! Mais je ne veux pas qu'elle meure ! Elle est folle !

10 septembre

Ma boum aura lieu dans un mois, quand les parents seront en Hollande. Ce sera en quelque sorte mon enterrement officieux.

Sarah doit apporter des cassettes. Aurélien aussi. Pour mieux faire danser Sarah, bien sûr.

La rentrée des classes était comme d'habitude : vide et agitée.

Ai croisé Aurélien dans la cour de récré. Il

m'a fait une bise de rentrée, une bise vide, sans lèvres, avec un « salut ! » de copain de régiment. Il tenait à la main un paquet enrubanné : des loukoums pour Sarah, rapportés de son voyage à Tunis. Il ne l'a pas embrassée, elle. Les bisous publics sont pour « les visages ingrats ». N'est-ce pas, Papa ?

15 septembre

Mon Dieu, que je l'aime... Tant d'amour, peut-il retomber comme un grain de sable dans le désert ? Oui. Regarde autour de toi, ma pauvre Marine : qui est la meilleure amie de ta « ravissante petite sœur » ? La « ravissante Capucine ». Même en amitié, les belles attirent les belles. Audrey, qui est à la fois jolie et mon amie, n'est que l'exception qui confirme la règle... Sarah m'aime bien, elle aussi, mais nous sortons rarement ensemble, toutes les deux. On se voit en groupe... Des fois je la croise dans les cafés, dans les rues, au cinéma, vêtue comme une princesse, vêtements archi-bien choisis qui tombent sur elle comme un rêve. Et ses foulards ? Un régal. Elle en a une quantité invraisemblable qu'elle noue avec un goût d'artiste.

Je n'arrive pas à être jalouse de toi, Sarah. Un crapaud n'est pas jaloux d'une biche. Mais Toi, mon Aurélien, Toi, tu n'aurais jamais dû m'embrasser, en juillet, à la boum d'Audrey. Ce n'est pas parce qu'on est moche qu'on n'a pas de cœur, tu sais... Et le mien t'aimait. Le mien t'aime. Le mien t'aimera toujours... Il ne fallait pas. Je n'avais pas la force, moi, de te repousser. Refuse-t-on le paradis servi sur un plateau ? Même si sa durée ne dépasse pas le temps d'un baiser ? Pour mieux laisser, après, l'enfer vous dévorer ?

Baiser de boum, baiser-poison. Le paradis n'est pas à l'échelle humaine. Ce bonheur absolu qui tombe du ciel, c'est la pulvérisation de toute volonté. Les moches sont bien peu armées pour les combats du cœur... Ma pauvre Marine, les dés sont pipés d'avance !

Y a des choses qu'on ne devrait pas dire, finalement. Mais elles sortent sans qu'on se rende compte de l'effet qu'elles vont avoir. Alors elle se croit moche pour de bon. Mais c'est pas vrai, c'était juste pour la faire enrager.

Je me sens toute drôle, pas bien dans ma peau et je déteste cette sensation...

16 septembre

La famille me tape sur les nerfs. Maman, en particulier. Ah ! Cette compassion muette ! Cet air de dire : « Je ne te demande rien mais, si tu veux parler, je suis là... »

Justement, Maman, tu es trop là. Tu pistes mes larmes. Tu attends que je te tombe dans les bras. Moi, ça me bloque ! Et puis tu crois que le chagrin peut se partager ? Tu t'en fiches, toi ! Papa t'aime, tu aimes Papa. Ils se marièrent et ils eurent trois enfants.

17 septembre

Nuit dans ma chambre.

Pas à me faire de tête sociale. De tête de fille, de grande sœur, de lycéenne, de copine. Ah, les autres ! Des boulets fixés à mes pieds ! Le monde n'est qu'un vaste boulet. Il m'entrave, il me blesse. Quelle bêtise de m'avoir fait naître ! Je l'ai dit aux parents, ce soir. Je les aurais mordus, si j'avais pu.

– Un peu trop facile, ce genre de réflexion, Marine ! a riposté Papa. Autant reprocher aux saisons de se succéder. Au jour de se lever. Au monde d'avoir été créé !

Maman a pris son air blessé de mère qui sait, ne dit rien, mais n'en pense pas moins. À hurler !

Vive la compagnie de cette peste d'Olga. Au moins elle, elle ne prend pas des gants pour vous épargner. On peut gueuler sans craindre de lui faire des bleus, elle ne voit que son nombril et sa Capucine, cette fille unique archi-gâtée par des parents qui lui passent tous ses caprices.

Eh oui ! ma pauvre Marine, mais Capucine est belle. Dans cinq ou six ans, ton Aurélien sera peut-être à ses pieds, s'il a quitté ceux de Sarah...

20 septembre

Audrey sort avec Guillaume, un type roux, sympa. Et gentil. Même avec moi.

Que tu es heureuse, Audrey ! Je le sens d'autant plus que, devant moi, tu as le tact de ne pas éclater de joie. Mais je vous ai aperçus, hier. Tous les quatre : Aurélien, Sarah, Guillaume et toi. Vous riiez à la terrasse d'un café, encore hâlés du soleil de l'été, heureux dans ce monde qui me rejette, moi, le corps étranger.

Au lycée, certains profs sont avenants, d'autres nerveux. La plupart ont l'air fataliste, blasé. Nous aussi.

Eh oui ! Mesdames, Messieurs, le boulot reprend. Va falloir cohabiter. On en a tous pris pour un an, vous savez.

22 septembre

Mamie...

Elle m'a proposé de l'accompagner à Venise ! Pour les vacances de la Toussaint, « si tu n'as rien d'autre à faire et si tu en as envie ».

Venise ! J'en rêvais depuis deux ans ! Hélas... Trop tard, ma petite Mamie, ma vie est finie !

Plus d'énergie. Plus de forces. Plus d'envie. Trop tard... Je te gâcherais ton temps, ton argent. Et même mon souvenir... Celui du « charme sauvage », tu sais ? « À l'éclat chaud de marron d'automne ! »

Chère Mamie, tu es bien la plus folle des arrière-grand-mères, avec ta santé de fer, ta boulimie de voyages ! Et ces soixante-dix-neuf printemps qui te font vivre sans lunettes, sans bas sauf quand vraiment tout le monde marche en après-ski. Qui te font faire de la gymnastique, fenêtre ouverte, qu'il pleuve ou qu'il gèle. Et qui ne t'amènent chez nous que deux fois par an, à Noël, en été, « pas davantage, mes enfants, la famille, c'est fragile, si on s'assied dessus, on la brise ».

28 septembre

Dimanche.
Vent. Pluie. Froid.
Thomas est chez son copain Luc.
Audrey est au concert avec Guillaume.
Sarah au cinéma avec toi, Aurélien.
Papa est avec Maman.
Moi avec mon ombre.

30 septembre

Dur de cacher à Sarah mon amour pour

Aurélien. Surtout quand elle me raconte, comme hier, par exemple : « Le merveilleux dimanche que j'ai passé avec Aurélien qui m'a offert un éventail chinois, regarde ! »

Mes membres se rouillent.

Mon cou s'épaissit.

Mes pieds s'allongent.

Jours chewing-gum. Collants. Insipides. Aujourd'hui. Demain. Jusqu'à ma mort.

1er octobre

J'essaie de me noyer dans le travail. Impossible de se concentrer quand on aime... Il me faut un temps fou pour faire mes devoirs. Aurélien campe dans mes bouquins. Sur ma feuille de copie. Au bout de mon stylo. Il est partout. Dans l'air que je respire. Sur le gravier des allées. Chez le boulanger. À table. Sur mon oreiller.

J'ai si mal...

Et moi je ne comprends rien. Rien. Rien ! Se rendre malade d'amour pour un garçon bête et moche (parce que lui, il est vraiment moche), moi, ça me dépasse !

3 octobre

Olga et Capucine se chuchotent leurs secrets.

Il pleut. De ma fenêtre je les observe, légères, gracieuses... L'une en ciré rose, l'autre en bleu. Deux elfes sous l'ondée. Belles à tuer.

6 octobre

Ai croisé Aurélien, ce matin. Il m'a saluée avec deux doigts. De loin. J'ai dû lui faire un sourire de poupée cassée. Enfin de poupée... façon de parler ! Les poupées sont toujours belles et je les déteste, elles et leur beauté obligatoire.

12 octobre

Assez ! Assez ! Assez !

Vraiment je ne supporte plus ni l'air tragique de Maman, ni l'impatience de Papa que visiblement mon humeur sombre commence à agacer. Ah... Se propulser sur une île déserte. Pouvoir y mourir en paix. Mais non. En plus, il faut supporter les autres ! C'est terrible, le malheur, quand on est obligé de le vivre dans la promiscuité familiale. Je n'ai même pas le droit des animaux, se cacher pour mourir.

Je ne supporte qu'Audrey. Pour lui parler d'Aurélien. Mine de rien, parce qu'elle est amie avec Sarah dont elle respecte l'intimité avec Aurélien. Même si je demeure sa meilleure amie, Audrey ne révélera rien d'essentiel. Je peux lui faire confiance. Sarah aussi...

Il n'empêche que leurs sorties à quatre, leurs gestes vifs et souples de bienheureux, leurs projets qui se répercutent jusqu'à mes oreilles, sont autant de poison versé dans mon sang.

Mourir. Sans violence. Point besoin de pistolet. D'arsenal chimique. Après la boum de l'Adieu, il me suffira de m'étendre sur mon lit. Et de m'abandonner. C'est tout. La mort doit venir quand on l'appelle. Viens, ma jolie... Viens me délivrer de mon chagrin... Tu es belle... Prends ma mémoire... Emporte-la dans les étoiles.

7

Mille crocodiles ronronnant dans le creux de ma main me surprendraient moins que le journal de ma sœur. J'étouffe, j'ai une boule dans la gorge, le ciel m'est tombé sur le crâne.

Graine de Zizanie a du cœur !

Elle veut mourir !

C'est vrai que, souvent, je veux bien qu'elle meure. Mais pas pour toujours ! Pas pour de bon !

Ça y est, je pleure. Maintenant il y a une flaque verte dans le journal de Zizanie, on dirait une tortue aplatie.

Ma sœur a toujours écrit à l'encre verte, ses stylos ont toujours bavé, je l'ai toujours connue du lundi au dimanche avec les doigts verts.

Et si les parents rentrent d'Amsterdam et que Marine soit morte ? Qu'elle se soit suicidée ? À cause d'Aurélien ? À cause des perles de Mamie ? À cause... à cause de moi ?

Tout tourne. J'ai la cervelle en tourniquet.

Oui ! eh bien, ce n'est pas le moment.

Les idées, hein, faut les trier comme de la salade. Tourniquet ou pas tourniquet.

Je trie.

Premièrement : Graine de Zizanie, je t'interdis de mourir. Tu n'es pas une grande sœur idéale, mais tu es mieux que pas de grande sœur du tout. Enfin c'est mon avis et je tiens beaucoup à mon avis.

Deuxièmement : je vais te sauver puisque tu es trop malheureuse pour le faire toi-même, si j'ai bien compris ? Ça, c'est ce qui m'étonne le plus, que tu souffres autant. Moi, je croyais que dans la famille il n'y avait que moi pour être malheureuse. Sûrement pas toi !

Du coup, tu deviens un peu une sœur double : une grande et une petite. Cela change tout...

Ce qui est idiot, tu vois, Marine, c'est que tu souffres pour un fourneau. Mais qu'a-t-il de si bien, ton Aurélien-œil-de-veau-pattes-de-moustique ? Moi, je ne vois pas. Il n'est pas beau. Pas du tout du tout ! Avec sa démarche de dindon. Marine ! Réveille-toi ! Oh ! mon Dieu, pourvu qu'Audrey la protège... Pourvu qu'elle ne se tue pas en chemin... Marine ! Dis, Marine, tu te souviens quand j'ai eu ma broncho-pneumonie ? Que tu me lisais des tas d'histoires ? Que je finissais par m'endormir ? Tu sais, des fois ce n'était pas vrai, je ne dormais pas : je fermais les yeux juste pour te laisser pleurer. Tu avais si peur... Moi, je n'étais pas inquiète. Le médecin non plus. Ni les parents. Ni Thomas. Toi, oui. Pourquoi ?

Marine, sois sympa : est-ce que je suis morte, moi ? Non ! Alors tiens le coup à ton tour. Faut avoir un peu l'esprit sportif !

Quelle idée d'avoir répété le « visage ingrat », quelle idée de m'être moquée des perles de Mamie sur Marine... Oh, la, la !... Il faut absolument que je sauve ma sœur !

Et puis qu'est-ce que tu racontes ? Moi et Capucine, on n'est pas les seules beautés, hein ! Si tu voyais Chloé... Elle est différente mais elle est belle, aussi. Et maintenant, pour moi, Chloé est bien plus jolie que Capucine. Et toi, bien plus mignonne que ton distributeur de bouche-à-bouche. Ton fourneau, tu le vois beau, d'accord. Pas moi. Voilà. Marine, je t'en supplie ! Marine, ne meurs pas ! Je ne me moquerai plus jamais de toi, je n'entrerai plus dans ta chambre sans frapper, je... je... À ta prochaine boum, je n'irai plus me chercher une louche de mousse.

Marine est rentrée de chez Audrey. Elle est douce, triste.

Je donnerais Marguerite, ma poupée préférée, pour qu'elle me crie après. Mais non. Elle nous contemple, moi et Thomas, comme si nous étions déjà des souvenirs.

Elle sort du réfrigérateur le poulet, la salade. Elle met le couvert : deux assiettes.

– On est trois, je dis.

– Moi, je n'ai pas faim.

– Pourquoi ?

– Je suis fatiguée, sans doute...

– Tu vas quand même t'asseoir avec nous ?

– Tu ne préfères pas dîner en tête à tête avec Thomas ?

– Non. J'aime bien quand tu es là.

Oh ! ce sourire gentil... absent...

– C'est nouveau.

– Non ce n'est pas nouveau !

Après je ne sais pas que dire. Je remue la salade. J'en fais tomber la moitié sur la nappe. Ma sœur la ramasse. Un robot. Graine de Zizanie se meurt. Sous mes yeux. Il faudrait dire quelque chose d'intelligent. Vite. Je ne me suis jamais sentie aussi bête. Je dis ce qui me passe par la tête. N'importe quoi, mais vite, vite :

– Tu sais, Marine, ce qui me ferait plaisir ? Que tu mettes l'ensemble bleu de Maman et les perles de Mamie.

– Tu es folle ?

– Non, pourquoi ?

– Au fait, à propos des perles de Mamie, je te les donne, Olga.

Je cours aux w.-c. Je pleure dans le papier toilette. Il se troue. Et voilà, je pleure dans mes doigts. Je me passe la figure sous l'eau. Je reviens dans la salle de séjour. Marine n'est plus là. Thomas ronge une cuisse de poulet.

Je frappe chez ma sœur. Ce que je ne fais jamais, d'habitude j'entre comme le mistral.

Graine de Zizanie est allongée sur son lit. Elle tient entre ses doigts le collier de Mamie.

– Prends-le, Olga. Tu es belle. Il t'ira bien, plus tard.

– Tu l'as essayé, toi ?

– Tu sais bien que je n'ai pas une tête à perles. Avec ça, je ressemblerais à une vache endimanchée. C'est toi-même qui l'as dit. Et tu as raison.

– Moi... je... ? Mais j'ai dit ça en l'air ! Faut d'abord que tu l'essaies, pour pouvoir juger. Si le collier de Mamie ne te va pas, c'est d'accord, je le prendrai.

– Olga, sois gentille, n'insiste pas. J'ai le cou trop épais, tu sais bien...

– Le mien est trop maigre. Papa a dit que j'ai le cou... le cou... il a dit que j'ai le cou ingrat !

Un éclair de vie passe dans les yeux de Marine. Puis de nouveau ce regard flou, gommé, que je ne peux pas supporter.

– C'est ce que Papa a dit, en tout cas. Allez, je t'essaie le collier.

Pas de réaction. Graine de Zizanie est une poupée de chiffon. J'ai l'impression qu'elle se laisserait couper en rondelles comme du saucisson.

Les perles roses de Mamie lui vont bien... Incroyablement bien !

Je cours chercher l'ensemble du soir de Maman, pantalon et tunique bleus. J'ai un mal fou à le décrocher de son cintre haut perché.

– Passe-le, Marine !

Elle accepte. Complètement passive. Indifférente.

Méconnaissable.

Je n'avais jamais vu Graine de Zizanie habillée autrement qu'en garçon : jeans et polo. Superbe ! Elle le lit immédiatement sur mon visage. Un nouvel éclair illumine ses yeux. Pas de miroir, dans sa chambre. Je la tire jusqu'à celle des parents.

– Là ! Regarde-toi ! Et sois honnête : t'es super.

J'ai hurlé. Graine de Zizanie me prend par la main.

– Tu es gentille, Olga. C'est vrai, ce collier ne me va pas trop mal... Mais on ne vit pas en tenue du soir...

– Non, mais on n'est pas obligé de se déguiser exprès. Avec des vêtements qui vous assassinent !

Graine de Zizanie me regarde. Pour la première fois de la soirée, elle me voit.

– Olga... Olga, tu me caches quelque chose. Qu'as-tu ?

Je ne sais pas depuis combien de temps je pleure. Je lui ai tout avoué. Son journal intime, elle qui veut mourir pour des prunes. Pour un garçon stupide. Pour une laideur qu'elle s'imagine, cette idiote.

Quand je m'arrête de pleurer, Graine de Zizanie s'essuie les yeux. Sans un mot. Nous allons voir ce que fait Thomas. Il a mangé l'autre cuisse de poulet et tout le blanc. Faut pas s'en faire ! On meurt dans une chambre, et lui, il mange. La seconde passion de Thomas, après le téléphone, c'est le poulet.

Je prends une aile.

Je la saupoudre de cacao.

Je l'avale.

– Qu'est-ce que tu fais, déguisée en Maman ? dit Thomas à Graine de Zizanie. T'es chouette, comme ça. Si t'étais pas ma sœur, je te draguerais.

Thomas a du génie !

Téléphone.

Graine de Zizanie chuchote et raccroche. Un éclat de rire fuse dans le hall comme un feu d'artifice. C'est la fête dans la voix de ma sœur. Et sa tête, donc ? On dirait qu'on l'a repassée. Des traits neufs !

– Tu as raison, Olga, les perles de Mamie ne me vont pas si mal... Mais ne touche plus jamais, tu m'entends, ne touche plus jamais à mon journal, sinon ça ira mal.

– D'accord. Mais pourquoi t'as ri, tout à l'heure ?

– Ça ne te regarde pas !

Je te revaudrai ça plus tard, Marine, tu ne perds rien pour attendre... mais pour l'instant je me tais, j'ai eu trop peur de te perdre. Ce n'est pas que je t'aime à la folie ! Ça non ! Mais je suis tellement contente que tu vives... J'ai envie de te pincer, de t'entendre éclater de rire ou plutôt râler, comme d'habitude... Je ne sais pas qui t'a téléphoné, le bon Dieu, Tarzan ou le père Noël, mais quelqu'un de bien, en tout cas.

Graine de Zizanie est encore crispée. Par moments, ses yeux s'envolent. Mais au moins ils voient.

– Marine, je pourrais te présenter à quelqu'un, comme tu es, là ?

C'est Thomas qui émerge et qui continue de ne surtout pas s'en faire : il a le cou du poulet entre les dents.

– À qui veux-tu me présenter en tenue du soir ? À un prince ?

– Oui. À mon meilleur copain.

– Tiens donc ! Et depuis quand Luc est-il prince ?
– J'ai dit : à mon meilleur copain.
– Ce n'est plus Luc ?
– Non. Mon meilleur copain s'appelle Antoine... Ensemble, on fera le tour du monde sur un voilier blanc. C'est un secret. Je te le dis parce qu'il te va bien, ce collier. Et que les secrets vont bien avec les perles.
En rongeant son cou de poulet, Thomas a crayonné Zizanie et le collier sur la nappe en papier.

Série de coups de théâtre, ce soir ! Faut avoir les nerfs solides. Depuis quand Thomas se confie-t-il à Graine de Zizanie plutôt qu'à moi ? J'ignorais totalement que Luc n'était plus son grand ami. Il ne me l'a même pas dit. Je l'apprends en même temps que Zizanie. Quelle honte ! Ce n'est plus une famille, tiens, qu'on est. C'est un nid à secrets. Une fourmilière de mystères. Une champignonnière de cachotteries. Et dire qu'on croit tout savoir les uns des autres ! Je ne sais plus où j'en suis, moi, ce soir. Mon frère... Ma sœur... Fourneau-œil-de-veau... Je suis chez moi ou dans la manche d'un illusionniste ?
Du calme, Olga. Les parents reviennent demain. Rien que d'y penser, tu n'as pas le moral qui pétille ? Si. Ah si, alors ! Il n'empê-

che : je veux que Thomas me dise depuis quand cet Antoine est devenu son ami.

– Antoine et moi ? On se connaît depuis cinq mois, pourquoi ?

Plus tard, quand Thomas m'a dit : « Bonne nuit, Olga », je n'ai pas pu répondre. J'avais comme une angine de cœur dans la gorge.

Les feuilles tombent, rousses et marron. Au lever, Thomas en a rempli un seau.

Petit déjeuner en silence. Seul Thomas parle. Il est furieux de devoir attendre jusqu'au soir pour voir les parents, alors que ceux-ci rentrent vers midi. Il ne veut pas manger à la cantine. Graine de Zizanie se fâche. Graine de Zizanie boit son café au lait, croque ses tartines grillées. Son estomac vit. Elle aussi.

Aujourd'hui il y a école, Papa-Maman rentrent, la terre est ferme ce matin, non ? Eh oui ! brave boule, tu tournes bien plus solide sous mes pieds... À propos de pieds, il pleut. Mes bottes.

Arrivée de Juliette et Chloé.

Recul de Capucine, quand j'ai voulu l'embrasser.

La maîtresse nous parle de grammaire. Puis de troubadours, de trouvères. Elle nous apprend qu'il existe des hommes qui vivent comme à l'époque préhistorique ! En Nouvelle-Guinée. En Amazonie. Elle nous dit aussi que d'ici à l'an 2000, environ cinq cents millions d'hommes, de femmes, d'enfants mourront de faim !

– Et qu'est-ce qu'on va faire ? s'est écriée Chloé.

– Si on le savait... répond la maîtresse.

– Si on ne sait pas ce qui est vital, que sait-on alors ?

Chloé s'est dressée sur sa chaise comme une guerrière. On dirait Jeanne d'Arc. La maîtresse hésite. Elle parle de pays riches, dont nous sommes, de pays pauvres, des économies, cultures, climats différents, de terres stériles. Ses explications ne sont pas toujours claires. Mais si j'ai bien compris, la moitié de la planète se gave et l'autre se meurt ? Alors quand on naît, c'est pile ou face ? Si jamais on ne vient pas au monde sur la bonne moitié du globe... Je ne savais pas que j'avais autant de chance... Maîtresse, changez de sujet s'il vous plaît, parce que, moi, j'ai ma dose d'émotions depuis deux jours ! J'ai perdu une amie, un frère. J'ai failli perdre pour de bon ma sœur. Alors si maintenant vous m'enfoncez cinq cents millions de victimes dans le crâne, moi, je me fais extra-terrestre et je me nourris de rayons de lune.

Capucine m'évite. Comme nous sommes

côte à côte, en classe, cela devient gênant. On ne va pas tenir longtemps à ce régime à la grimace.

À la récré, Juliette se mêle aux autres, sa quarantaine est déjà de l'histoire ancienne. Même Capucine lui parle, ce qui m'étonne.

Chloé... Elle m'a prise par le bras.

– J'aurai onze ans mercredi prochain, Olga. Voudrais-tu les fêter avec moi ? J'ai un jardin. Une tente igloo. S'il pleuvait, on serait à l'abri. Mon père fait bien les gâteaux.

– Qui invites-tu d'autre ?

– Personne. J'arrive, je n'ai pas encore d'amis. Je ne suis pas pressée. Hier j'ai téléphoné à mon Grand-Papé. Je lui ai parlé de toi.

L'automne est tout roux. C'est la saison de l'amitié. De ma rencontre avec Chloé. C'est la plus belle saison de l'année. Je ne te le dirai pas maintenant, moi, que j'ai parlé de toi à Madame Louis. Tu le sauras mercredi. Sous la tente igloo. Il pleuvra. Tu auras onze ans. On mangera les gâteaux de ton père. On enfilera des mots comme des perles pour se les offrir en cadeau...

J'apprends que la maman de Chloé est opticienne et championne de judo. Que son papa est professeur de chinois. Qu'elle a une demi-sœur, Marie, quinze ans, avec qui elle partage sa chambre. Et des frères jumeaux,

Quentin et Damien, que ses parents ont adoptés il y a quatre ans en Corée. Chloé ajoute que sa sœur Marie écrit tout le temps et veut devenir romancière. Quelle famille !

Alors je lui parle de Graine de Zizanie. De son désir de mourir. De son rire, hier soir, après l'appel mystérieux.

Chloé ne m'interrompt pas. Elle m'écoute. Je l'écoute. Depuis combien de temps parlons-nous ?

Il n'y a plus que les marronniers, la pluie et nous. La cour s'est vidée. Nous n'avons pas entendu sonner la fin de la récré.

– Où étiez-vous, toutes les deux ? se fâche la maîtresse. J'allais partir à votre recherche !

– Excusez-nous, dit Chloé, des fois, quand on parle, on perd la notion du temps, de l'endroit... Excusez-nous.

– Oui ! eh bien, quand vous êtes à l'école, essayez de réaliser que vous n'êtes pas à la plage !

On rit autour de nous. Une grosse larme roule sur la joue de Capucine...

À la cantine, Capucine ne se met pas à ma table. À la récréation de l'après-midi, je trouve un mot dans mon manteau : *Ne m'abandonne pas, Olga, je t'en supplie. Ou je mourrais. Je serai gentille avec... la nouvelle... Si tu y tiens. Réponds-moi. Capucine.*

Moi j'en ai archi-marre de tous ces gens qui parlent de mourir comme d'aller aux champignons. Je réponds sur le champ :

Capucine,

1 – Pas question de t'abandonner. Mais ne me fais plus jamais de chantage à la mort parce que ça me tape sur les nerfs ! Si tu le veux vraiment, tue-toi. C'est ta vie, après tout, pas la mienne. Mais ne m'enquiquine surtout pas avec ce genre de menace, ce n'est pas le moment !

2 – Tu es mon amie, d'accord. Mais depuis mardi, je n'ai pas l'esprit à toi. Oui, j'ai envie de mieux connaître Chloé. C'est mon droit. On n'est pas mariées, toi et moi.

3 – Je t'aime bien aussi mais si tu ne me laisses pas tranquille, si tu ne me donnes pas le choix, je te détesterai.

Allez, courage.

Olga.

Ils sont là !

Papa ! Maman ! Ils sont là !

La maison est en coton, le plafond ronronne, les murs chantent, le soleil, la pluie, les feuilles, les marrons dansent sur le balcon. Je saute, je ris, Papa, Maman, Thomas aussi ! Et même Zizanie !

Minute étoilée. Pas une de plus : Thomas veut qu'on échange les pulls que les parents nous ont rapportés d'Amsterdam. Il n'aime pas le sien, il veut le mien. Ça non !

Maman a changé. Ses yeux ont l'air cirés, sa voix ressemble à celle d'une hirondelle. Papa, lui, il fait Nounours dans sa marmite de miel. Je me demande si j'aime... Ils racontent tous les deux... les moulins, et les canaux, et les tableaux... Ils sont beaux ce soir et je leur en veux.

Je n'arrive pas à m'endormir.

En pleine nuit, je suis allée chez Zizanie. Il y avait de la lumière dans sa chambre. Elle était assise sur son lit, les yeux grands ouverts.

– Tu penses à Aurélien ?

– Qu'est-ce que tu fais là ? Olga, sois gentille, va te coucher. Mes rêves m'appartiennent. Et je te jure bien que ce n'est pas demain la veille que tu retrouveras mon journal.

Alors forcément je n'ai plus eu qu'une seule envie : lire la suite des secrets de Zizanie.

8

J'ai fouillé ses tiroirs. Sa penderie. Son cartable. Ses livres. Son lit. Au péril de ma vie.

Rien.

J'ai eu le temps de discuter avec Capucine qui ne quitte plus Juliette, ce qui m'arrange bien : Chloé et moi, on fait des plans. Des plans pour notre future maison. Eh oui ! Mais cette fois-ci, c'est sérieux.

Et puis je l'ai trouvé.

Coincé derrière la glace.

Un soir, Graine de Zizanie a étonné tout le monde :

– Je veux me voir en pied dans la chambre !

Maman et ma sœur se sont ruées dans une brocante, nouvelle passion de Zizanie, pour revenir avec une vieillerie ovale qui a toujours l'air de bâiller. Le journal de la Graine nichait dans son dos.

18 octobre

Cacher absolument ce journal.

Suis sûre qu'Olga fouille partout.

Si seulement j'avais une clé pour ma chambre !

Coup de téléphone d'Audrey qui venait d'en recevoir un de Sarah ! Je n'ai pas pu m'empêcher d'éclater de rire en raccrochant. Je souffre trop pour être généreuse.

Aurélien a plaqué Sarah pour Sylvie ! Cette empotée pleine d'acné que j'avais invitée pour ne pas être la plus moche !

À la sortie de ma boum, il a dit à Sarah, sur un ton, paraît-il, « passe-moi le sel » :

– C'est fini entre nous. Mieux vaut rompre maintenant que dans trois jours.

Et il a filé avec Sylvie !

Sarah se meurt de douleur.

C'est dur, hein, l'amour sans espoir ! Cet enlisement au fil des jours, Sarah, l'énergie qui s'évapore, le ciel noir à l'infini...

Ce que je ne comprends pas, c'est le nouveau choix d'Aurélien : Sylvie ! À côté de Sarah-la-jolie, c'est le jour et la nuit.

J'en suis à la fois ravie et effrayée.

Ravie, car rivaliser avec Sarah m'était impossible. D'abord parce qu'à côté d'elle je ressemble à une poubelle. Ensuite parce que Sarah est une bonne copine. Et une amie d'Audrey.

Sylvie, c'est complètement différent. Une ca-

marade comme une autre, pas plus jolie que moi. Preuve que je peux plaire, moi aussi, un jour...

Donc je suis ravie.

Reste un doute insidieux... Il serpente depuis quelques minutes dans ma tête et me gâche tout : Aurélien, mon amour, ne t'amuserais-tu pas à faire souffrir les filles ? Comme ces enfants cruels qui jouent à torturer les insectes ? Toi, mon Aurélien, toi, tu es trop beau, trop séduisant, trop intelligent, trop... Enfin ce comportement bête ne te ressemble pas, n'est-ce pas ?

Non bien sûr, car je te mépriserais.

19 octobre

Minuit.

Je suis en chemise de nuit.

Je porte le collier de Mamie.

Au lycée, Sarah nous fend le cœur. Oui, même à moi. Vraiment. Ses larmes coulent indéfiniment, en silence, on a l'impression que rien ne pourra les sécher. Terrible. Elle se meut avec difficulté. Sa légèreté qui me fascinait n'est plus que lourdeur et douleur. Elle déambule à pas lents, la tête en avant, les paupières gonflées. Elle fait mal à voir. Je n'ai plus envie d'éclater de rire. Du tout. D'autant moins qu'Aurélien passe et repasse sous son nez avec Sylvie, d'une façon tellement... voyante que nous sommes plusieurs à trouver son attitude bizarre et même intolérable.

Les gens se respectent-ils aussi peu entre eux dès qu'ils ne s'aiment plus ? Ou dès que l'un n'aime plus l'autre ? A-t-on le droit de jouer ainsi avec les sentiments d'autrui ? Cela ne suffit-il pas de ravager des semaines, des mois, des années d'une vie ? Une existence entière, peut-être ? Faut-il en plus y trouver du plaisir ? Car il me semble, Aurélien, que tu te délectes devant les yeux rouges de Sarah... Je ne dis pas que c'est le cas, mon Aurélien ! Je dis : « Il me semble. » Je doute... Je doute de toi, mon amour... Pardon. Pardon. Pardon. J'ai tort ? J'ai mal vu. Sarah a tant de chagrin, tu comprends, qu'elle nous induit tous en erreur. Dis ?

Les perles de Mamie me font des bisous dans le cou. Il est frais, ce vieux collier. J'aime le porter.

Quand je pense à Olga... Pour me sidérer, elle m'a sidérée ! Jamais je n'aurais cru qu'elle avait du cœur. Parce que comme petite peste, celle-là ! Olga, c'est ma croix !

Finalement, une famille a beau vivre sous un même toit, elle ne se connaît pas. J'ai découvert une facette du caractère de ma sœur que j'étais bien loin de soupçonner. Ce chagrin, face au mien... Je n'arrive pas à l'oublier. C'était une petite adulte, Olga, l'autre soir. Une petite adulte qui ne pleurait pas sur elle-même mais sur mon propre malheur... C'est cela, je crois, qui m'a bouleversée. Depuis ce soir-là, d'ailleurs, je la vois un peu différemment. Oh ! ça ne change pas grand-chose. Mais si, quand même... J'ai du mal à la rabrouer comme avant.

Envie folle d'une robe longue. Idiot. En supposant qu'elle m'aille, où donc la porterais-je ?

22 octobre

J'en ai marre d'aller dans le couloir ou dans la chambre des parents pour me voir. Je me demande si j'ai eu raison de refuser un miroir, pour ma chambre... Y penser.

Aurélien est toujours avec Sylvie qui engraisse.

Je ne ressens rien.

Sarah maigrit à vue d'œil.

Audrey et Guillaume, ça va : l'amour serein. J'envie.

24 octobre

Hier soir, j'ai invité Audrey.

Les parents et les petits étaient absents. J'ai porté, en public (!), les perles roses de Mamie !

Audrey s'est extasiée. Ce collier est ensorcelé.

Devoirs par-dessus la tête. Pas le temps d'écrire ce journal. C'est malheureux !

Sarah dépérit. Il faut faire quelque chose... Je

ne me vois pourtant pas lui dire : « Ma petite Sarah, ne t'inquiète pas, Aurélien te reviendra. »

26 octobre

Ai tout avoué à Sarah.

Mon amour pour Aurélien. Mon chagrin.

Elle ne s'était aperçue de rien. Elle tombait des nues :

– Mais alors tu as dû souffrir abominablement ?

Ma réponse est restée en suspens. Je venais de m'apercevoir que je souffrais raisonnablement.

Dépit et stupéfaction.

Le soir, j'avais transporté la table du balcon dans ma chambre. Nous y avons dressé le couvert, Sarah et moi. Papa nous avait chouchouté un plat froid génial : magret de canard fumé, salade frisée, œufs de caille. Maman a coupé, pour notre dessert, de belles tranches d'ananas frais. J'ai fiché une bougie rouge dans une bouteille : la fête !

Nous n'avons pas cessé de parler d'Aurélien. De « notre » Aurélien. Plus on en parlait, plus on se rapprochait l'une de l'autre, complices. L'atmosphère s'allégeait, l'optimisme revenait. Jusqu'à ce que je m'aperçoive que Sarah n'avait qu'une idée en tête : reprendre Aurélien à Sylvie.

Ce fut le fossé entre nous. Qu'avais-je à

reprendre, moi ? Parler de stratégie à ce sujet me paraissait aussi vain que de vouloir arrêter le temps.

– Oui évidemment, dit Sarah, toi, tu ne perds rien, au fond. Tu n'as pas de souvenirs communs avec lui. C'est différent, tu es amoureuse d'une image. Moi, d'un garçon avec lequel je suis sortie, dont j'ai des lettres. Si tu vois la nuance...

Très bien oui, merci.

L'ananas de ma mère avait beau être frais, il avait un goût tenace d'endive amère.

28 octobre

Une merveille.

Début de siècle, paraît-il. Je ne cesse plus de nous contempler, elle et moi. Ma glace... Belle pour deux. Je mens.

À force de me détailler, je pourrais avoir envie de me raccourcir le nez. De me décolorer les cheveux. De porter sur les yeux des lentilles bleues. Je pourrais avoir envie de me couper la tête.

C'est le contraire.

Plus je me regarde, plus je me trouve... ni belle ni laide ! Disons qu'il y a des jours où je me trouve moche et d'autres où, ma foi, je me trouve plutôt sympa.

Le plus souvent je vois une étrangère connue.

Il faut dire que je n'avais jamais, jusqu'à

l'arrivée de ma belle glace, pris beaucoup le temps de détailler mon reflet.

Le soir, des fois, je me contemple nue, avec le collier de Mamie. C'est bête ! mais ça me remonte le moral. Oh ! et puis soyons honnête : c'est surtout le traitement du dermatologue qui fait des miracles : mes joues sont redevenues presque lisses.

– Ma petite fille a retrouvé son teint de rose, a dit Papa, hier soir.

Tu n'imagines pas, mon petit Papa, à quelle vitesse ce bout de phrase m'a fait grimper le moral !

Je me suis endormie les pieds en éventail, le cœur sous les Tropiques.

30 octobre

Boulot. Boulot. Boulot.

J'ai décidé de réussir mon trimestre. Je travaille jusqu'à minuit. Thomas est adorable. Il marche sur la pointe des pieds pour ne pas, dit-il, « souffler sur tes pensées ».

31 octobre

Soleil d'automne. Royal.

Suis en forme. Thomas a invité son Antoine.

– Tu porteras l'ensemble du soir de Maman, Marine. Dis ?

Allons bon. Je croyais qu'il avait oublié depuis longtemps cette idée saugrenue !

Pas du tout.

J'ai refusé. Olga est entrée dans une colère noire. Tellement que... C'est incroyable, mais j'ai cédé !

L'air estomaqué de Maman quand je lui en ai parlé :

– Tu veux mettre mon ensemble du soir maintenant ? À midi ?

– C'est pour Antoine et Thomas.

– Hein ?

Floc. Maman a lâché le bocal à cornichons dans la chantilly. Olga se tenait les côtes. Un fou rire nous a prises, toutes les deux... Plus on se tournait le dos, plus on riait.

Pantalon. Tunique. Perles.

– Comment tu la trouves, ma grande sœur ? a demandé Thomas.

– Chouette, a dit Antoine.

– J'ai une idée, s'est écrié Thomas. On va jouer au défilé de mode ! Marine et Olga vont passer tous leurs vêtements. Moi, je serai le présentateur. Antoine et Maman feront le public !

C'est une des nouvelles lubies de Thomas, les défilés de mode, depuis qu'il en a vu un dans un grand magasin avec Madame Louis.

Je ne voulais pas me prêter à ces singeries

mais Olga et Maman ont tellement insisté que j'ai cédé.

Je me trouve bien aimable avec la famille, en ce moment !

Thomas, en présentateur, était un spectacle à lui tout seul. Il parlait dans le presse-ail en guise de micro. Il inventait des noms à nos vêtements. Antoine et Maman applaudissaient ; les assiettes de cacahuètes grillées circulaient, tandis que ma sœur et moi défilions. En musique, s'il vous plaît. Et puis, je ne sais pas pourquoi, Maman a dit que le bouquet final, dans un défilé de mode, c'était toujours la robe de mariée.

Consternation. Une robe de mariée ! Nous n'en avions pas ! Et mon frère prenait le jeu très au sérieux !

Alors Maman a fait une chose extraordinaire : elle a grimpé sur un escabeau, elle a attrapé sur le dessus de l'armoire à linge un immense carton, elle me l'a tendu :

– Tiens, Marine, pour le bouquet final.

Sa robe de mariée... Une mousseline froissée vert amande. Je l'avais déjà vue en photo, pas en vrai.

Quel moment ! Inoubliable... Pour la première fois, je me suis trouvée jolie. Oui. Moi... Je n'ai même pas eu besoin de le lire dans les yeux des autres.

De mon nuage amande, j'ai distingué Thomas : il hurlait dans le presse-ail.

3 novembre

Ai rêvé d'Aurélien.

Nous marchions tous les deux sur le toit d'un gratte-ciel. En bas, la foule. Des milliards de têtes d'épingles qui grimaçaient. Le toit a penché. Aurélien a glissé. Réveil en sueur.

4 novembre

J'ai mis le collier de Mamie par-dessus un pull angora vert, tout neuf, pour aller... au lycée !

J'ai osé.

Sifflement admiratif de Papa. Réticence de Maman :

– Surtout ne le perds pas.

Silence complice d'Olga. Son sourire... un baiser sans bruit. Déconcertante Olga...

Jour d'harmonie.

Tout vibrait sans fausses notes. Profs sympas. Cours superintéressants. Prof d'anglais chaleureux. C'est un grand blond. Jeune. Gentil. Qui ne nous prend pas de haut. Il articule comme à la Comédie-Française. Enfin à la Comédie-Française de Londres.

6 novembre

Collier, mon beau collier, que me prédis-tu ?

Demain : coiffeur. Je vais me faire couper une frange et dégager la nuque. Une idée d'Audrey.

Ça devrait m'allonger le cou, paraît-il.

Espérons...

Sarah n'a toujours pas renoncé à Aurélien. Elle échafaude des plans de reconquête, de vengeance. Elle ressasse le passé : ses souvenirs avec Aurélien. Elle devient irascible et je la plains.

Sylvie s'affiche avec Aurélien. Partout. Elle parade, elle minaude, elle bêtifie. Elle a gagné un mouton à cinq pattes.

8 novembre

Mon cerveau bat de l'aile.

J'ai travaillé jusqu'à minuit.

Chaque soir je me couche épuisée.

Le matin je suis sur pied. L'esprit clair. Un miracle qui ne cesse de m'étonner.

Je ne peux pas croiser Aurélien sans avoir le cœur qui s'emballe. Mais j'arrive à me concentrer sur mon boulot. Il était temps...

Sarah boit la lie de la rancœur, de la haine. Son visage en est dévasté. Comment elle, si jolie, a-t-elle pu se changer en fille sombre ? Sans charme ? Elle se ratatine comme une vieille carotte. Je ne la reconnais plus. Traits chiffonnés, ton acide, mauvais... Sarah n'a pas du tout la même manière de souffrir que moi. La douleur est sans doute comme le bonheur, personnelle... Elle ne renonce pas à Aurélien. L'espoir la mine.

– Pourquoi ne te bats-tu pas pour l'avoir, Aurélien ? m'a-t-elle crié, un soir.

– Parce qu'on ne peut pas forcer les gens à vous aimer.

– Mais il n'aime pas Sylvie !

– Peu m'importe, Sarah. Moi non plus, il ne m'aime pas. C'est ça qui compte à mes yeux, puisque, moi, je l'aime. Tu comprends ?

– Non ! Quand on aime, on se bat !

– Si on a été aimé, oui, peut-être. Mais dans mon cas...

– Évidemment...

La condescendance de Sarah s'est abattue sur moi. Mais elle a glissé comme sur une peau de phoque. Es-tu bien sûre, Sarah, qu'Aurélien t'a aimée ?

Subitement je me redresse. Mes muscles se dénouent. Mon moral remonte. Je respire.

Les parents voudraient que, l'été prochain, j'aille un mois en Angleterre. Ils passeraient une semaine avec moi, à Londres. Le prof d'anglais a proposé de me trouver une famille, ainsi qu'à Audrey.

L'expérience nous tente toutes les deux.

14 novembre

Est-ce le collier de Mamie ? Ma nouvelle coupe de cheveux ? Je me sens mieux ! Oh ! ce n'est pas l'idéal. Mais, mais, mais...

Je rêve de l'Angleterre.

Ce projet m'enthousiasme ! À tel point que je ne pense plus qu'à ça. L'inconnu m'attire... Je me vois à Londres. Sous des brouillards gris. Des froids bleus. Des matins fragiles comme les perles de Mamie.

16 novembre

Bu un coca avec Audrey et notre prof d'anglais, dans un café ultra-chic où je n'avais encore jamais mis les pieds.

Comme par un fait exprès, je n'avais pas mon collier. Détail qui ne m'a pas empêchée de me sentir for-mi-da-ble-ment bien !

On délire sur Londres, Audrey et moi.

Guillaume, l'ami d'Audrey, doit, lui, séjourner en Allemagne. Il lorgne d'un drôle d'air notre enthousiasme. Je crois qu'il est plus attaché à Audrey qu'elle ne l'est à lui. Que la vie est complexe ! Comme si on ne pouvait pas s'aimer en même temps. Au même moment. Avec la même intensité de part et d'autre. Cela n'arrive donc jamais ?

J'aimerais avoir un amour anglais.

22 novembre

Ras le bol du boulot.

On n'est pas des bœufs.

28 novembre

Berk ! Berk ! Berk !

Comment ai-je pu l'adorer aussi longtemps ?

Il s'est brisé comme une fausse pierre dans la cour du lycée.

Morceaux ternes mêlés à la terre, sous les marronniers.

Aurélien...

Lui, oui ! Qui m'a draguée à la récré ! Qui m'a invitée ! Moi ! Au cinéma ! Cette assurance avec laquelle il me détaillait...

– Au cinéma avec toi ? Moi ? Pourquoi ?

– Pourquoi pas !

Il me fixait. Narquois. Charmeur. L'air de dire : « Je sais bien que tu es amoureuse de moi, que je n'ai qu'à lever le petit doigt. »

Mon sang n'a fait qu'un tour.

– Le chasseur est en panne de papillons à épingler ?

Mon ton l'a piqué comme un fleuret sans mouche. J'étais épuisée par l'effort. J'avais tellement envie d'accepter...

Je l'ai entendu lancer derrière mon dos :

– Pimbêche !

Un « pimbêche » minable qui a éclaté dans la cour de récré comme un pétard mouillé. Mon prince était en papier mâché.

Olga, laisse ce cahier, voleuse de cervelle !

Je sais que tu l'as trouvé. Dépêche-toi de le lire, parce que je vais le déchirer. Seulement

je t'avertis : le journal intime que toi, Olga, tu ne vas pas tarder à écrire, je le dénicherai à la première occasion. À bon entendeur, salut !

Le fantôme de Graine de Zizanie m'observe ! Vite ! Le cahier ! Derrière la glace ! J'ai le sang en sorbet. Maman ! Une géante en robe indienne se dresse devant moi, sortie tout droit du plancher ! Son regard ambré luit de malice au-dessus... des perles de Mamie.

Graine de Zizanie !

Elle tient à la main un carnet sur lequel est écrit de sa grosse écriture verte : JOURNAL D'OLGA.

C'est ainsi qu'à l'encre orangée, parfumée, j'ai commencé mon journal qu'à ce jour personne n'a encore trouvé.

Encore que cette trace verdâtre, là, au bas de la dernière page... Ce ne serait pas la trace d'un doigt de Zizanie ?

INFORMATIONS
Cascade

PIERRES PRÉCIEUSES

Il n'en existe que quatre qui aient le droit à cette appellation : diamant, rubis (rouge), saphir (bleu) et émeraude (vert).
Par contre il existe beaucoup de pierres fines et ornementales : grenats, tourmalines, topaze, jade, béryls, opale, serpentine, lapis-lazuli, turquoises, corail, ivoire, jais, nacre, cristal, ambre. Certaines sont d'origine animale (corail, ivoire, nacre, écaille) d'autres d'origine végétale (ambre, jais...)
Les pierres ont un langage :

- l'améthyste est un gage de sincérité
- la cornaline évacue toute tristesse
- le cristal délivre des mauvais rêves
- le diamant est un symbole de pureté et fidélité
- l'émeraude marque la virginité, la vertu
- le rubis symbolise amour et pureté
- le saphir apporte la sagesse et rend aimable
- le topaze est un gage d'amitié.

SE SENTIR BEAU, SE SENTIR LAID

Comme les homards lorsqu'ils perdent leur carapace, on se retrouve à l'adolescence dans une apparence qui change.
C'est un peu l'histoire de tous les adolescents.
L'enfant se trouvait très beau avec sa carapace qu'il connaissait. À l'adolescence, on s'interroge : suis-je beau ? Suis-je laid ?
On se sent mal avec cette acné sur le visage. On se sent trop grand ou trop large, on est pataud. On se sent comme un appartement en chantier où il n'y a pas un seul petit coin tranquille pour se reposer. On est en pleine mutation. À l'intérieur comme à l'extérieur.
Pendant cette période, on est complètement assujetti au MIROIR, au reflet inerte renvoyé par la glace, au reflet vivant que l'on cherche à lire dans les yeux des autres. On y guette le surgissement de soi-même conforme à une image idéale. Mais un miroir ne nous montre jamais véritablement ce que les autres voient quand ils nous regardent, car un visage ne révèle la personnalité que lorsqu'il s'anime. Un sourire peut illuminer des traits qui semblaient ingrats dans l'immobilité. De beaux yeux bien maquillés ne sont qu'une façade qui peut tromper, mais le regard qui parle de l'intérieur est bien plus important. Il ne se maquille pas.
[...]
Comme on ne se connaît pas encore soi-même, on cherche à se plaire dans le REGARD DES AUTRES. On est prêt pour cela à se couler dans un moule qui

n'est pas fait pour soi. Le pire, c'est que ce moule que l'on croyait si attirant, c'est parfois ce qui va faire fuir celui ou celle que l'on voulait séduire.
De toute façon, la beauté et la laideur dans l'absolu n'existent pas. On peut souffrir beaucoup en découvrant la laideur intérieure chez quelqu'un dont la beauté physique nous avait séduits. On s'est trompé sur lui en croyant qu'il était aussi beau à l'intérieur qu'à l'extérieur. Inversement, il suffit de tomber amoureux de quelqu'un que l'on croyait trouver laid pour s'apercevoir que dès qu'on aime, tout cela ne veut plus rien dire.
Paroles pour adolescents ou le complexe du homard de F. et C. DOLTO.

TÉMOIGNAGES

Farida, 16 ans
Mon rêve, ce que j'aurais aimé faire, c'est être dans la mode. Être grande aussi, parce que je sais que pour être dans la mode, il faut être grande. Il faut mesurer 1,75 m et puis faire du 38. C'est ça que j'aurais aimé. La taille rêvée pour moi, c'est 1,75 m. J'aurais aimé avoir les yeux verts, être mince aussi, c'est ça le charme. Moi je ne suis pas mince, je fais même du 42, pour ma taille, 1,53 m, je suis un peu grosse. Je pèse 57 kg, ça dépend, des fois je fais 60, ça dépend si je grossis, mais ça c'est à force de rester à la maison. Mais enfin, avant j'étais vachement complexée, maintenant ça va mieux. C'est depuis le stage que j'ai beaucoup changé, parce qu'avant, mes parents ne me laissaient pas sortir, alors si un garçon m'adressait la parole dans la rue, j'avais tout de suite peur.

Pascal, 17 ans
À notre âge dans l'adolescence on se cherche, c'est là qu'on se forme mentalement et tant qu'on a pas réussi, on se sent plus ou moins laid.

Séverine, 16 ans
Oser pour moi, c'est faire quelque chose qui sort du banal et qui ne cadre pas avec mon personnage. En effet, au lycée par exemple, on se donne un genre, on s'oblige à paraître quelque chose, on joue la comédie, on est entravé dans des règles strictes de modes de pensée. Oser, c'est enfreindre ces règles, c'est se différencier des autres, du troupeau.

Antoine, 15 ans
Affreux, je me sens affreux, les boutons, l'horreur. Il me semble que tout le monde me regarde, je ne sais plus quoi inventer comme look pour être mieux ou pour me cacher. Je ne sais pas, j'espère que ça va passer et vite parce que merci bien... Mes parents disent – enfin ma mère – que ça va passer, mais en attendant, bonjour l'angoisse !

Agnès, 17 ans
Je m'estime ni belle ni laide mais comme je suis, je possède ma propre forme de beauté, même si elle ne plaît pas à tout le monde. Évidemment si je suis à côté d'une fille canon qui possède vraiment une grande beauté, il est sûr que je me sentirai inférieure tout en pensant que cette fille pourrait tout aussi bien ressembler à un cochon.
Il est sûr aussi que si je me trouve en face d'un garçon qui me porte de l'intérêt, j'essaierai de me mettre un peu plus en valeur, sans exagérer.

À CHAQUE MALADIE SON MÉDECIN...

Pour soigner son acné, Marine, comme beaucoup d'adolescents, est allée consulter un dermatologue. Savez-vous quelles sont les maladies que soignent ces spécialistes ?

Cardiologue : maladies du cœur
Chirurgien : c'est celui qui « opère », c'est-à-dire intervient à l'intérieur du corps à l'aide d'instruments
Gérontologue : maladies dues au vieillissement
Gynécologue : maladies de la femme et accouchements
Neurologue : maladies du système nerveux
Ophtalmologiste : maladies des yeux et anomalies de la vue
Oto-rhino-laryngologiste (O.R.L.) : maladies de la gorge, du nez et des oreilles
Pédiatre : maladies des bébés et des enfants
Pneumophtisiologue : maladies des poumons et de l'appareil respiratoire
Psychiatre : maladies mentales
Radiologue : médecin spécialiste des techniques de radiographie et de radioscopie
Rhumatologue : rhumatismes
Stomatologiste : maladies de la bouche et des dents
Urologue : maladies des reins et de l'appareil urinaire

COLLECTION

Cascade

7 - 8

L'ABOMINABLE GOSSE DES NEIGES
Alain Surget.

AU PAYS DES BANANES ET DU CHOCOLAT
Karin Gündisch.

COMMENT DEVENIR PARFAIT EN TROIS JOURS
Stephen Manes.

L'ÉTRANGE HISTOIRE DE DINGO
William H. Armstrong.

LE FILS DES LOUPS
Alain Surget.

HUGO ET LES LAPINS
Anne Sibran.

UN KIMONO POUR TADAO
Yves-Marie Clément.

LES MALHEURS DE SOPHIE
Comtesse de Ségur.

OPÉRATION CALEÇON AU CE2
Catherine Missonnier.

PETIT FÉROCE N'A PEUR DE RIEN
Paul Thiès.

PETIT FÉROCE DEVIENDRA GRAND
Paul Thiès.

PETIT FÉROCE EST UN GÉNIE
Paul Thiès.

PETIT FÉROCE S'EN VA-T-EN GUERRE
Paul Thiès.

LA PISTE DES CARIBOUS
Annie Paquet.

POMME A DES PÉPINS
Béatrice Rouer.

LE PRINCE ET LA GUENON
Ruskin Bond.

QUI A VU LE TURLURU
Alain Surget.

SITA ET LA RIVIÈRE
Ruskin Bond.

LA SORCIÈRE EST DANS L'ASCENSEUR
Paul Thiès.

SUPERMAN CONTRE CE2
Catherine Missonnier.

LE TRÉSOR DES DEUX CHOUETTES
Évelyne Brisou-Pellen.

TRUCS À TROQUER
Marie-Noëlle Blin.

VACANCES SORCIÈRES
Catherine Missonnier.

LE VILLAGE DES SINGES
Yves-Marie Clément.

9 - 10

UNE AMIE GÉNIALE
Sandrine Pernusch.

ATTENTION AUX PUCES
Jean-François Ferrané.

AU BOUT DU CERF-VOLANT
Hélène Montardre.

AU PARADIS DES ENFANTS
Dagmar Galin.

LES AVENTURES D'UN CHIEN PERDU
Dagmar Galin.

LES BRACONNIERS DU ROI
Paul Thiès.

CLASSE DE LUNE
François Sautereau.

LA DOUBLE CHANCE DE JULIETTE
Françoise Elman.

DOUBLE MARTIN CONTRE POISON ROSE
Fanny Joly.

ELSA ET ANTONIO POUR TOUJOURS
Jean-Paul Nozière.

L'ÉTÉ DES CONFIDENCES ET DES CONFITURES
Yves Pinguilly.

LES ÉTOILES ENSEVELIES
Pierre Pelot.

EXTRATERRESTRE APPELLE CM1
Catherine Missonnier.

LE GANG DES RÂLEURS
Jane Sutton.

GARE AUX CROCODILES
Jean-François Ferrané.

LA GUERRE DES POIREAUX
Christian Grenier.

LA GUERRE DE RÉBECCA
Sigrid Heuck.

HISTOIRE DE LUCIEN
François Charles.

COLLECTION

Cascade

LES INDIENS DE LA RUE JULES FERRY
François Sautereau.
JONGLER N'EST PAS JOUER
Paul Thiès.
LE JOURNAL SECRET DE MARINE
Sandrine Pernusch.
LE LÉVRIER DU PHARAON
Roger Judenne.
LA MAISON AUX QUATRE ÉTOILES
Hélène Montardre.
LA MÉLODIE DE LA PEUR
Boileau-Narcejac.
LE MOUSSE DU BATEAU PERDU
Yvon Mauffret.
MYSTÈRE À CARNAC
Michel-Aimé Baudouy.
MYSTÈRE AU CHOCOLAT
Didier Herlem.
LA NUIT DU RENDEZ-VOUS
Hélène Montardre.
PARIS-AFRIQUE
Yves Pinguilly.
LES PASSAGERS DU GOIS
Marie Dufeutrel.
LA PLUS GRANDE LETTRE DU MONDE
Nicole Schneegans.
LE PRINCE DU CHÂTEAU FOU
Gérard Bialestowski.
RENDEZ-VOUS AU ZOO
Corinne Gerson.
LE SECRET DE L'OISEAU BLESSÉ
Betsy Byars.
TONTON ROBERTO
Fanny Joly.
TOUCHE PAS À MON PÈRE
Chantal Cahour.

11 - 12

À CLOCHE CŒUR
Marie-Florence Ehret.
L'ACROBATE DE MINOS
L.N. Lavolle.
UNE AMITIÉ BLEU OUTREMER
Yvon Mauffret.
L'ANGE DE MAURA
Lynne Reid Banks.
L'APPEL DE LA FORÊT
Jack London.
BONS BAISERS DE CALIFORNIE
Marie-Noëlle Blin.
LA CAPTURE DE CÉSAR
Michel-Aimé Baudouy.
C'EST LA VIE, LILI
Valérie Dayre.
COMME SUR DES ROULETTES
Malika Ferdjoukh.
COUP DE FOUDRE
Nicole Schneegans.
CYRANO JUNIOR
François Charles.
LES DEUX MOITIÉS DE L'AMITIÉ
Susie Morgenstern.
L'ÉTÉ DE TOUS LES SECRETS
Katherine Paterson.
L'ÉTÉ JONATHAN
Marie Dufeutrel.
LA GRIFFE DU JAGUAR
Yves-Marie Clément.
L'INCONNU DE LA PROISELIÈRE
Monique Ponty.
LE JOUR DU MATCH
Gilberte Niquet.
UN JOUR UN ENFANT NOIR
William H. Armstrong.
LE MYSTÈRE DE LA NUIT DES PIERRES
Évelyne Brisou-Pellen.
LE PERROQUET D'AMÉRICO
Huguette Pirotte.
PIÈGES EN COULISSE
Pierre Leterrier.
UN PONEY BLANC NEIGE
Anne Eliot Crompton.
LE ROYAUME DE LA RIVIÈRE
Katherine Paterson.
LE SECRET DU GÉNÉRAL X
Jacques Asklund.
LE TRÉSOR DU MENHIR
Yvon Mauffret.
LE VOLEUR DE PANDAS
Alain Surget.

L'AUTEUR

SANDRINE PERNUSCH a passé son enfance à Angoulême, puis à Bordeaux, avant de venir s'installer à Paris, où elle fut conceptrice-rédactrice en agence de publicité. Qu'elle quitta définitivement, un matin de rhume et de mauvaise humeur.
Auteur de contes, récits, romans, pièces de théâtre, Sandrine Pernusch ne se fait pas prier pour parler de sa passion : l'écriture. « Un déclic immédiat, le paradis sur terre ».
Par contre, Sandrine n'aime guère dévoiler sa vie privée. Mais elle répond toujours aux questions des enfants, quelles qu'elles soient, sur ses livres ou sur elle-même, en direct ou par courrier, « parce que c'est la moindre des choses ».
Sandrine jure qu'elle est née trois fois : « Comme tout un chacun, la première fois je ne l'ai pas fait exprès. La deuxième fois, si : je me suis mise dans un train, direction la capitale. C'est fou ce vent libre qui souffle sur les ponts de Paris ! J'en riais comme une bécasse. La troisième fois, je vis brutalement le jour dans ma boîte aux lettres. Sans me téléphoner, sans me prévenir, un éditeur parisien m'avait posté mon premier contrat ».

L'ILLUSTRATRICE

FRANÇOISE DEAU est née en 1959 à Valence dans la Drôme. Après le lycée, elle a cherché sa voie en exerçant toutes sortes de petits métiers pendant plusieurs années. Puis elle a compris que seul le dessin la motivait suffisamment. Elle a donc repris ses études et en 1987 elle est sortie diplômée en illustration, de l'école Émile Cohl à Lyon. Depuis, c'est aussi à Lyon qu'elle a travaillé dans une entreprise de muralistes. Elle a vu ainsi ses images reproduites en grand sur les murs de la ville. De là à désirer les voir imprimées dans des livres il n'y avait qu'un pas qu'elle a franchi en 1990 en travaillant pour la presse enfantine.
Ses projets : développer son travail avec l'édition pour retrouver sous son crayon tous les petits personnages, toutes les petites et grosses bêtes qui peuplaient son enfance.

Achevé d'imprimer en Avril 1993
sur les presses de Maury-Imprimeur S.A.
45330 Malesherbes

Dépôt légal : 2e trimestre 1993
N° d'imprimeur : 42600 J
N° d'éditeur : 2309